算是劫也是緣

上

風文創 1261

墨脫秘境 著

目錄

序文

墨脫秘境

在「西施故里」，除了西施，還有世界珍稀的經濟樹種香榧，以及養殖淡水珍珠。

我經常在放假時，驅車去養殖珍珠的村裡，消磨上一整個假期也不會感到無聊。

平時最大的愛好便是開蚌，開蚌遠比開盲盒有趣。打開蚌殼之前，總是會各種期待，幻想能開出一顆價值不菲的珍珠。雖然大多時候都會失望，不過也沒關係，只是大小、多少的事情，不至於讓人人空手而歸。大的拿去做成各式首飾，小的磨成珍珠粉，製成純天然的珍珠粉面膜，入股不虧。

有時候看人開蚌，開出大珠，就哈哈大笑；開不出來，就一臉沮喪。有趣極了。

看到各式漂亮的珍珠，總會遙想當年的西施是何等的容光。

夷光——是西施的名字。

看多了，想多了，便有了這本書的由來。

總想著故事裡，大多是女主角傾國傾城，男主角位高權重。如果換一下，變成男主角貌比潘安呢？

看著眼前的珍珠，如此嬌貴，在古代只有貴人才擁有得起，因放久了會褪色，需要精心呵護，就像是愛情與現實。

若是不入世，不長袖善舞，才華不能變現，那愛情還能繼續嗎？只有一張漂亮的臉，兩人的感情可能維繫一生？畢竟，一生太漫長了。

個人認為，這些問題都很有趣，端看自己的選擇，並不一定有對錯。

寫入世的女主角與不入世的男主角，就是為了趣味，喜歡。

由於以前沒寫過這種人設，很想挑戰一下，在允許男人三妻四妾的時代，男人為何會對一人堅守；但凡事有例外，畢竟古代能坐擁三千佳麗的皇帝，都出了只有皇后一人的明孝宗。一切皆有可能。

那麼，如何才能讓兩人彼此深愛，矢志不渝？

是因為耳鬢廝磨的日常相處，還是一次刻骨銘心的事情？

這裡面，有很多故事，兩人逐步靠近，互相吸引，並非是因為外表或是權勢、財富；這當中，有細水長流相守帶來的改變，也有經歷某件事引起的變動。

愛情，是神話，玄之又玄。

哪怕是遺忘了過往，刻在身體的記憶還是會有反應，會下意識去牽你的手，會流淚。

願意為你去嘗試，改變——不是改變自己的本性，而是雙方能接納的過程。

在努力靠近、讓彼此變得更好的過程，如開蚌一樣，令人激動，期待。
世上沒有比這更美好的事情了。
願你們都擁有這樣的美好。

第一章

孟夷光坐在几案前，嘴裡唸著數額，丫鬟春鵑撥弄算籌，最後將得出的數額填在帳冊上。

屋子裡聲音不停，角落裡雙腳和翅膀被綢緞捆起來的大雁，卻不受影響地耷拉著腦袋，昏昏欲睡。

算完最後一筆，孟夷光看著帳冊的金額，滿足長嘆。

這些銀子，足夠她什麼都不用做，就能好吃好喝過一輩子了。

這時鄭嬤嬤扶著腰走進來，抱怨道：「這府裡一個能幫忙的下人都沒有，還得親自動手，忙活半天才將嫁妝收拾好入庫。」

高几上如小兒手臂粗的紅燭將屋子照得明晃晃，她看了一眼滴漏，亥時已過半。

孟夷光還穿著喜服未洗漱，喜娘早已離去，只剩下春鵑一人在屋裡伺候。

「夏荷呢？怎麼還不伺候九娘洗漱？」鄭嬤嬤湊過去一看，神色複雜。

哪有小娘子在大婚夜裡，急著數自己嫁妝銀的？

「夏荷去了廚房打水，還沒有回來……」春鵑欲言又止。

孟夷光放下帳冊，笑道：「嬤嬤別急，反正明日不用早起敬茶。」

鄭嬤嬤怕惹來孟夷光傷心，只得將一肚子的委屈、焦急全部吞回去，但瞧著她仍舊笑盈盈滿不在乎的模樣，頓時愁容滿面。

九娘這心得有多大啊！

孟家九娘大婚的日子，新郎未能親迎，新娘與一隻大雁拜堂成親，坐帳、合巹酒、結髮一併全無。

國師府裡只有一群武夫，在迎新娘時幫著捉大雁，前來湊了個熱鬧。

除了孟家派人來佈置的屋子，還能見到幾分喜意。四下各處一片靜謐，只餘屋角掛著無人搶的紅封，能看出府裡在辦喜事。

所幸國師府裡，只有國師裴臨川一個主子，上無長輩，下無兄弟姊妹，不用早起伺候公婆，無妯娌相爭。

九娘性子溫婉，隨遇而安，這門親事總算有那麼一些好處。

夏荷與兩個婆子提著熱水走進來，春鵑忙領著婆子去淨房。

「這府裡跟荒郊野外一樣，四下黑燈瞎火，好不容易才找到廚房。哎喲，我的天，那也能叫廚房嗎？灶眼雖有一長排，可鍋只有兩、三口，前面做過肉菜，燒了好幾鍋熱水，洗了都還油汪汪。」夏荷神色憤憤，怨氣滿天。

皇帝賜下的國師府，原本是前朝親王的府邸，占地頗為寬廣。孟夷光現在所居的院落「蘅蕪院」，前後共五進，亭臺樓閣、假山花園一應俱全。

她神色淡然，聽夏荷像是說書先生那般，抑揚頓挫，一波三折，講述著洗漱熱水得來不易。

「好不容易燒好水，這時有一傻大個走進廚房，悶聲不響提著燒好的熱水就要走。我就納悶了，他自己不會燒嗎？真是氣死人！我上前揪住他一盤問，才知曉傻大個在國師面前伺候，喚作阿愚，說是國師要水洗漱。」

國師身邊只有兩個老僕伺候，一老一少，老叟叫阿壟，年輕的叫阿愚。

孟夷光在被賜婚後，曾與姊妹們去會一會國師，想瞧瞧神秘莫測的國師究竟是老是少，長相如何，可惜沒能見到國師本人，只見過他的車夫阿壟。

不過，先前不是說國師在閉關清修，才無法親自迎親拜堂嗎？他出關了？

「我本不想相讓，可轉念一想，國師是九娘的夫君，這一桶熱水就算了。先讓傻大個提去，又重新燒了水來，才拖到這個時辰。」

夏荷說得口乾舌燥，想下去喝一杯茶，這才想起院子裡哪來的水。她沮喪地垂下頭，快快說道：「九娘，妳先去洗漱，我再去燒些熱茶來。」

鄭嬤嬤也氣壞了，可見到孟夷光仍舊四平八穩坐在那裡，將心裡的怨氣又生生嚥了下去。她心底微微一嘆，說道：「這院子也算大，明兒就在院子裡設個廚房。九娘，妳先去洗漱，這一天下來也怪累。」

孟夷光倒不生氣，前輩子心臟不好，一直被醫生要求心態平和，後來幾乎成了她的習慣。再說這樁親事本就是賜婚，又不能反抗和離，自己有銀子，什麼都不做混吃等死一輩子不是很好嗎？

孟夷光指著几案上碟子裡的果子說道：「妳們先吃些潤潤喉嚨，我吃了好幾個，一點都不渴，還管飽。」

鄭嬷嬷這時眼淚都快流出來了。

孟家九娘何曾吃過這般苦？她在孟家嬌生慣養，平時最挑嘴，大婚的日子卻連口熱湯飯都沒吃上，還得靠一些果子來填飽肚子。

「偶爾少吃一餐，能清減不少吧。」孟夷光摸著軟乎乎的小腹，站在磨得明亮的銅鏡前，裡面的小娘子唇紅齒白，眉眼秀麗，臉頰還帶著些許嬰兒肥，白白淨淨像是糯米糰子。

這穿越一場倒變得年輕許多，上月才及笄，假以時日等嬰兒肥退去，只會更明豔。

原身生在簪纓世族，頂級清貴之家，家人和睦，雖然初來時遭逢京城被攻破，可最終是有驚無險。

然而，新帝不甚可靠，將她賜婚給國師裴臨川，就匆匆擇了婚期。

孟家人本想抗旨不遵，畢竟婚姻自古以來皆是父母之命、媒妁之言，就算你是皇帝，也斷沒有管著別人婚姻嫁娶之理。

可一朝天子一朝臣，因為她一人，孟家要與靠著真槍真刀打下江山的新帝作對，這是拉著孟家上下為她陪葬嗎？

她做不出來這樣喪心病狂的事。

孟夷光掛念著真正疼愛她的家人們，又見到京城那些同是權貴之家的小娘子，被賜給什麼趙牛兒、陳狗子，至少裴臨川聽起來還算順耳，像是讀書人所取的名字。她心一橫眼一閉，嫁就嫁吧。

讀書人夜裡上床睡覺之前，會刷牙、洗腳吧？

孟夷光洗漱出來，鄭嬤嬤拿著布巾幫她擰乾頭髮，這時夏荷衝了進來，急得團團轉地說道：「國師來了。」

鄭嬤嬤正要訓斥夏荷失了規矩，這下她又慌又喜，眼見孟夷光頭髮半濕還披在腦後，她直轉圈。「哎喲，這下如何是好，九娘的喜服呢？珠冠呢？快快去拿過來……」

「嬤嬤別急。」孟夷光按住她的手臂，指了指門外。

鄭嬤嬤聽到已到廊下的腳步聲，只得拿了件外衫胡亂幫她穿上作數。

門簾被掀開，國師裴臨川走進屋子，孟夷光只覺得眼前似有星河閃耀。

他身形瘦高，身著一襲青色深衣，頭頂烏髮用一支木簪定住，餘下的垂散身後。

長眉入鬢，容貌昳麗，卻冷若冰霜，似乎拒人於千里之外。

孟夷光看直了眼，自發忽略了他的冷漠，對於一切美的事物，她有足夠的包容心。

裴臨川耳尖微紅，僵硬地別開頭，聲音清冷如同泉水。「我前來與妳共飲合巹酒，結髮。」

孟夷光還來不及感嘆他聲音好聽，聞言眨了眨眼，看向鄭嬤嬤，見她如同自己一般呆呆愣愣，才沒再疑心自己是不是聽岔了。

「這……吉時已過，喜娘也回去了，沒人會這些禮儀。」

裴臨川神色冰冷，惜字如金。「吉時仍在。我會。」

合巹酒，可需要酒啊！備好的酒被她先前口乾，慢慢喝完了，嫁妝裡倒是有幾罈陳年香雪酒。

她神情有些為難，在美色與美酒中很快做出了抉擇。「可沒有酒。」

裴臨川靜默片刻，從袖子裡掏出一個瓷瓶，揭開塞子後酒香撲鼻。

孟夷光有些傻眼。

鄭嬤嬤這時回過神來，忙去將綢子連在一起的酒杯拿來，裴臨川將酒倒在杯裡。

孟夷光拿起一杯，見杯裡只有幾滴酒。

小氣。

兩人喝完酒，他嘴裡唸唸有詞，將杯子往床底一扔。

孟夷光瞧去，杯子恰好一仰一合，原來他還真的會做喜娘的事。

鄭嬤嬤拿了剪刀，各剪了兩人的一縷髮絲用緞帶綁在一起，雖然遲了，總算禮成。

裴臨川看了一眼孟夷光，見她仍目光灼灼盯著自己，臉色更冷了幾分，一言不發轉身離去。

屋子裡一片安靜。

夏荷氣急大叫。「就這樣？他這就走了？」

「難道還要他留下來洞房？」孟夷光仍是氣定神閒，伸了個懶腰。「歇了吧。」

眾人一愣，這倒是。

鄭嬤嬤與夏荷忙去鋪床，孟夷光累了一天，躺在鬆軟的被窩裡，沒一會兒就沈入黑甜夢鄉。

「九娘，醒醒。」鄭嬤嬤撩起帳子，推了推睡得正沈的孟夷光，見她嚶嚀一聲睜開了眼，將手上的信遞了過去，面容惆悵又忐忑。「國師差阿愚遞了這封信來。」

「這麼快就寫了休書？」孟夷光清醒了一些，坐起來靠在床頭，打開信一看，面上透著濃濃的怪異。

她不死心再看了一遍，什麼「以貌取人失之子羽、女登徒子」，將信遞給一旁焦急等待的鄭嬤嬤。「嬤嬤，妳幫我看看，國師是不是在罵我？」

鄭嬤嬤一把抓過信，一目十行看得飛快，如同孟夷光那般，先是不解，後來憋不住失笑出聲，深深吐出一口氣。「還真是將妳罵作女登徒子，不過還好還好，只要不是成親完送來休書就阿彌陀佛。」

什麼叫還好？不過是多看了他幾眼而已。

孟夷光伸出腦袋，看了一眼滴漏，已到辰時。

真是小心眼，如此大費周章，至於嗎？

角落裡的大雁被吵醒，吱吱嘎嘎叫個不停。

孟夷光閉上眼睛倒在床上，咬牙切齒地道：「嬤嬤，明日把這該死的大雁拿來燉湯喝！」

鄭嬤嬤湊過去聽清她嘴裡的話，又愁眉苦臉起來。

大雁是代表國師的迎親吉物，九娘這般溫和的人，都終是生氣了，不過，吉物能吃嗎？

第二章

春雨綿綿。

孟夷光早上起床洗漱後，在院子裡先轉了一圈。

花木茂盛，雜草也一樣茂盛。

宅子久未住人，她的院子新粉刷過尚算完好，只是總透著一股荒涼。

鄭嬤嬤跟在她身後，舉目望去，半晌說不出話來。

孟家四處都透著生機，可國師府所見之處盡是敗相。國師住進來也有一段時日，偌大的宅子，他都不修葺打理嗎？

孟夷光經過昨晚，雖心裡大致有數，可見到眼前的斷井頹垣，還是有些沮喪。

想要躺平過一輩子，可總要躺得舒適些吧？

「嬤嬤，府裡這麼大，廚房不要設在院子裡。尋個鄰近的院子，在角落裡開一道門，與蘅蕪院相連。」

說到蘅蕪院，孟夷光不喜這個院名，她想改成梁山泊或者盤絲洞，想著想著倒被自己逗樂了，索性還是不改了。

「我昨日瞧著旁邊就有座小院，拿來做廚房正好。」鄭嬤嬤手伸出廊外，接著外面飄下雨水。「九娘，外面雨大濕氣重，回屋去吧，夏荷也該回來了。」

孟夷光回到屋子，還等了好一陣子，去廚房提早飯的夏荷才回來。

她滿臉鬱色，打開食盒拿出一碟鹹菜、一個饅頭和一小碗米粥。

「九娘，廚房新鮮米菜還未送來，早上只有這些。」

孟夷光看過去，在孟家時，就算夏荷她們吃的飯食也比這些好上數倍。看來，不用早起晨昏定省，也一樣有別的煩惱。幸好阿娘給的陪房裡有廚娘，不然真的是連飯都吃不上。

「廚房規整之後就能吃上好的，今天先應付一下。」孟夷光告訴夏荷，也算是自我安慰。

她拿起饅頭才咬了一口，春鵑又頂著一頭水霧衝進屋，著急慌忙地說道：「九娘，阿愚來傳話，說國師在府門口等妳好一陣子。」

「等我？」孟夷光吞下饅頭，再追問道：「阿愚有沒有說等我做什麼？」

難道他還沒有罵夠，要當著面再罵？

「我正準備問呢，他說完轉身就跑了，我追都追不上。」春鵑性子沈穩，此時也不免有些生氣。「哪有這樣傳話的，傳得不清不楚，讓人摸不著頭腦。」

屋裡幾人皆一頭霧水，孟夷光想不明白，乾脆不想了，她慢條斯理繼續喝粥。「別理他，讓他等吧。」

鄭嬤嬤照著平時，定要勸孟夷光前去看看。可自從訂親到嫁進來為止，國師府上下三人，就沒一個明白人，跟嫁進蠻荒之地和親一般，什麼都要靠自己，真是受盡委屈。再說國師昨晚來過，今早要孟夷光與他出門，怎麼不先知會一聲？她可是他明媒正娶的妻子，又不是揮之即來的下人。

鄭嬤嬤附和道：「九娘，妳先用飯，別理那無關緊要的閒事。」

饅頭才吃了一半，院子的小丫頭來傳話，說是阿愚在院門外候著。

「妳去叫他進來。」孟夷光擦了擦嘴，吩咐春鵑。

沒一會兒披著蓑衣、頭戴斗笠的阿愚來了，他頭上斗笠太大，進門時差點被卡住，連撞了兩下後，他取下斗笠，斜著身子走進來。

屋子裡的人都憋著笑不作聲瞧熱鬧。

孟夷光看著阿愚被斗笠刮得亂糟糟的頭髮，嘴角抽了抽。他這副孤舟蓑笠翁的老翁裝扮，莫非他是來說國師想要邀請她去垂釣？

阿愚生硬地欠了欠身說道：「國師在門口等著夫人。」

夫人？

孟夷光聽著這個稱號，說道：「阿愚，一，你得說清楚，國師在門口等著我做甚；二，可不能隨意稱夫人。」

阿愚小眼睛眨了眨，一板一眼答道：「國師要帶著夫人進宮，皇上在等著見新婦。夫人有品級，宮裡已經下了聖旨。」

孟夷光猛地站起來，倒嚇了阿愚一跳，他不由自主往後退了半步，她涼涼地瞥了一眼。

真是大棒槌，難道她還能打他不成？

鄭嬤嬤也氣得手都發抖，今兒要進宮去敬茶，昨晚國師……算了，現在不是計較的時候。

「快，春鵑、夏荷來伺候九娘梳頭更衣，我去庫裡尋些禮物。」鄭嬤嬤衝到門邊，又猛地回轉身來，盯著阿愚急急忙忙地問道：「敬茶時有哪些人在？要不要見太后、皇后？」

阿愚有些為難地撓撓頭，說道：「我也不知，國師沒提起。國師沒有成過親，以前也沒有……」

「呸！國師沒有成過親，難不成我們九娘就成過親？」鄭嬤嬤怒極打斷阿愚，瞪大眼睛噴得他後退。「你不會說話就乾脆扮啞巴，當心我撕爛你的嘴！」

阿愚捧著斗笠繞過鄭嬤嬤，一溜煙跑了。

孟夷光苦中作樂笑彎了腰，春鵑她們也跟著笑起來。鄭嬤嬤也氣笑了，她無奈地嘆氣，又忙掀簾去庫房，拿了些孝敬長輩的玉玩進來。

「新婦本該奉上針線活，可沒法子，就先拿這些吧！皇上也該明白國師脾性，定不會怪罪妳失禮。」

怪罪不怪罪，現在想這些都為時已晚。

孟夷光換好衣衫，緗金大袖青織羅衣配寬幅襦裙，春鵑在她的高髻上戴珠冠，壓得她不由自主地縮了縮脖子。

鄭嬤嬤好笑地說道：「忍一忍，也沒多重，新婦不可失了禮數。」

孟夷光站起來一邊向外走，一邊吩咐道：「鄭嬤嬤與春鵑跟著我進宮，夏荷留在府裡看著廚房那邊，還是吃飯要緊。」

婆子抬來軟轎，孟夷光坐上去，來到國師府門口。

阿壟與阿愚一般裝扮坐在馬車前，見到她們過來，阿愚轉身敲了敲車壁說了句，然後阿壟拉了拉韁繩，馬車向前而去。

孟夷光看了一眼先跑掉的馬車，扶著鄭嬤嬤的手乘坐另一輛車，緊跟著向宮裡而去。

到了宮門口，馬車不能再進去，孟夷光下了車，見裴臨川還是身著青色深衣，如阿壟他們一般戴斗笠、披蓑衣，他束手站立等在那裡，阿愚與阿壟靠後一步護在他左右。

孟夷光覺得眼前光景很像是三傻圖，阿愚名字不錯，阿壟喚作阿呆就更好了。

裴臨川看了一眼孟夷光便移開目光，見鄭嬤嬤手裡捧著的包裹，微擰眉說道：「不用送禮物。」

鄭嬤嬤垂下眼簾不想說話，孟夷光也不理會他。她可不是國師，他無禮，她可不能無禮。

孟夷光乾脆直接地說道：「我第一次進宮，煩請前面帶路。」

裴臨川不再說話，沈默轉身，大步向前而去。

青磚地面上下過雨又濕又滑，孟夷光穿著木屐走得戰戰兢兢，她拽著裙子咬牙追上，到了皇帝所在的正乾殿，她背心已被汗濕透。

春鵲收起雨傘，忙拿出帕子替她沾去額角的汗水，拂去肩頭的雨珠，又俯身整理好她的裙襬，以免御前失儀。

裴臨川也取下了斗笠蓑衣，交給阿愚抱在手中。

皇上近侍李全迎出來，躬身笑道：「國師與夫人來啦？皇上與皇后娘娘早已在裡面等著兩位了。」

孟夷光向李全屈膝施了施禮，鄭嬤嬤取出個荷包塞到了他手中，笑著說道：「有勞。」

他又手還禮，笑著將荷包塞進袖子裡，又將鄭嬤嬤手上的包裹接過來抱在手中，揮手招過小黃門，說道：「你們且去旁邊屋子歇一歇、喝喝茶。」

鄭嬤嬤與春鵑跟著小黃門去了，阿愚與阿壟站在那裡看了他們一會兒，又轉過目光看向裴臨川。

為什麼他們進宮這麼多次，都沒有人招呼他們去歇息、喝茶？

裴臨川面無表情，跟在李全身後進了大殿。

孟夷光進去後飛快地瞧了一眼。皇上身形高大，五官端正，大約四十出頭，身著常服坐在軟榻上；身邊的皇后看上去年歲與他差不多，方臉方腮，一臉嚴肅。

孟夷光恭敬地屈膝施禮請安，皇上聲若洪鐘，笑道：「孟家小九不用多禮，妳瞧阿川跟我就從來不見外。快起來，抬起頭讓我瞧瞧。」

孟夷光恭敬地略抬頭垂下眼簾，皇上仔細打量她半晌，聲音中透著輕快。「我都快替阿川操碎了心，以為他悶葫蘆般的脾性，一輩子都娶不到媳婦，沒想到娶到了孟家女。這一杯茶，我等了好久，總算喝到了。」

皇后轉頭招呼著宮女。「快將茶端來，皇上可是從下了早朝一直等到現在。」

孟夷光垂下眼簾，假裝沒有聽懂皇后的話裡有話，接過宮女遞來的茶，恭敬地雙手呈上。

皇上笑呵呵接過去抿了一口，將茶杯放在几案上，拿起紅封遞給她，語重心長地說道：「早些替裴家開枝散葉，為大梁多生幾個小國師。」

這國師還是世襲的嗎？就是不知俸祿多少？

孟夷光害羞地垂下頭應是，奉上了新婦禮，又如同先前那般向皇后敬茶奉禮。

皇后頓了半晌才接過茶杯，遞到嘴邊微觸碰了一下，放到几案上，不鹹不淡地開了口。「國師府裡無其他長輩，卻也不可失了規矩，伺候好夫君，操持好府中中饋。今日進宮敬茶這等大事，妳且能晚到，姑且諒妳年紀輕沒經驗，我也不怪罪妳。」

皇后頓了頓，侍立在身後的嬤嬤走出來，拿了個紅封遞給孟夷光，站在一旁卻沒有退下。

「許嬤嬤陪伴我多年，持家理事上自是一等一的好，就讓她跟妳一同回府，多指點妳一些。」

孟夷光心裡一愣，初次見皇后，她就為自己準備了個假婆婆，而她沒有得罪過皇后，那此人只能是裴臨川了。

她恭謹屈膝施禮，謝過皇后，瞄了一眼裴臨川。

見他眼眸微垂，乾脆直接拒絕道：「不用。」

皇上始終笑咪咪地低頭喝茶。

皇后一愣，旋即臉色微變，冷聲道：「為何？」

他如同往常般言簡意賅。「府裡已有太多女人，陰氣過重，太吵。」

第三章

大殿內，除了皇帝與裴臨川是男人，內侍小黃門不知怎麼算，其餘的都是帶來陰氣的女人。

孟夷光覺得背後似有陰風颳過，目光所及之處，皇帝仍舊埋頭喝茶，皇后臉色陰沈。裴臨川面無表情、理所當然，她亦垂首斂眉、默不作聲。

皇后挺直脊背。「你……」

皇帝突然出聲打斷皇后，笑得眼睛瞇起來。「阿川媳婦，妳祖父可還好？」

孟夷光祖父孟謙，在前朝皇帝還是太子時曾任其師，後不久稱病辭官，一直賦閒在家。

他是否可好，這……她很一言難盡，究竟是好還是不好呢？

她看著眼前的皇帝，此刻臉上的神情與祖父某些時候極為相似，恭敬地答道：「回皇上，祖父一如從前，未曾有什麼變化。」

皇帝嘆了口氣，頗為憂心地說道：「我一直拿阿川當自己的孩子看，妳嫁給阿川，我與妳祖父也算得上是親家，待我閒了一定要親自上門拜訪。」

孟夷光屈膝施禮，大方謝過皇帝。
皇后被皇帝搶過話之後，神色難堪卻不敢多言，此時更是瞪大雙眼，覺得不妥之後又慌亂拿起几案上的杯子，低頭裝作喝茶掩飾。
「太后娘娘最近忙著吃齋唸佛，你們就別去打擾她老人家清修了。」皇帝笑看著裴臨川。「阿川領著你娘子回去，別跟個鋸嘴葫蘆似的，多陪著她說說話。」
裴臨川看向皇帝，嘴唇微動，皇帝忙瞪眼揮手阻止。「去吧，去吧，我這裡還有一大堆事。」
孟夷光心頭微鬆，屈膝施禮退出大殿。
鄭嬤嬤與春鵑等在殿外，阿愚與阿壟也站在那裡。
雨絲綿密一直下個不停，阿愚遞上斗笠與蓑衣，裴臨川一如往常走在前，鄭嬤嬤替孟夷光撐著傘，幾人在後。
她抬頭看了一眼前面的煙雨垂釣圖，又收回目光，青石地面滑，暫且忍一忍。
到了宮門口，他們分別上了馬車回府。
鄭嬤嬤收起雨傘放在馬車角落，春鵑拿著帕子給孟夷光擦拭衣衫上的雨水。孟夷光取下珠冠活動了一下脖頸，長長地舒了口氣。
「先前在偏殿喝茶，裡面伺候的小黃門見我們裙角都濕了，還有些訝異，說是內命婦進宮拜見，都派了軟轎來接。」鄭嬤嬤滿臉愁容。

這一來就得罪了皇后，以後可如何是好？

孟夷光心裡有數，皇帝在大殿內更是直接沒給皇后臉面，就不知道她心性如何，這些會不會記在自己的頭上。

要記，也盼著皇后能記在裴臨川頭上，畢竟他債多不愁。

現在要緊的是皇帝話裡的意思，還有弄明白裴臨川究竟還有哪些地方得罪了皇后。

「嬤嬤，讓馬車快一些，到門口追上國師的馬車，我有些事要問他。」

鄭嬤嬤敲了敲車壁，探頭出去說了句話，車夫加快了車速，很快就趕上前面的馬車。誰知前面的馬車也突然快了起來，兩輛車像是在雨中比試，你追我趕，跑得飛快。

孟夷光被晃得有些暈，她心下懊惱，怎麼忘了阿壟是三傻圖之一。

待進了國師府，馬車在二門停下，孟夷光穩了穩神，跳下馬車喊道：「國師。」

裴臨川正在穿蓑衣，聽到孟夷光的喊聲眼神飄了過來，抓起斗笠扣在頭上答了一聲。「唔。」

唔你個大頭鬼，孟夷光見裴臨川像是落荒而逃一樣大步離去，她乾脆小跑著上前揪住他斗笠垂下來的帶子，他脖子被勒住微微後仰。阿愚閃電般出手，帶子應聲而斷，阿壟接住了掉下來的斗笠，又將它穩穩戴在他頭上。

孟夷光道：「我有話跟你說。」

裴臨川看著孟夷光，眼神中有戒備，還有些許惱怒，卻還是站在那裡，等著她說話。

孟夷光無語望天，抹了一把臉上的雨水，鄭嬤嬤追上來，將傘遮擋在她的頭上。

「妳的臉花了。」裴臨川突然說道，聲音平平，可她卻聽出其中的嫌棄。

孟夷光不打算理會，他卻沒完沒了，眉心微擰思索片刻。「像是滑稽戲伶人。」說完，他抬手整了整斗篷，神情愉悅，眼底竟然掠過一絲笑意。

他這是在報復嗎？

孟夷光拿出帕子，鄭嬤嬤接過去仔細擦去她臉上糊掉的脂粉，她瞄向裴臨川，他微偏著頭，看得無比認真。

在男人面前當場卸妝，與在男人面前當場脫衣，哪一種來得更尷尬，她此刻覺得是前一種。

鄭嬤嬤擦完，輕聲道：「好了。」

裴臨川又有話說。「紅通通，像是婦人相撲。」

孟夷光吸氣，心裡默唸：不生氣，不生氣，氣出病來無人替。

她乾脆直接問道：「你先前得罪過皇后？」

「得罪過很多次。」裴臨川神情坦然。「皇上告訴我的。」
孟夷光噎了噎，不死心地繼續問道：「比如說什麼事上得罪了皇后？」
裴臨川沈吟一會兒答道：「不知，婦人天生心眼小。」說完他還補充了句。「太后也得罪過。」
同為婦人的孟夷光，覺得渾身無力，大梁最金貴的兩尊菩薩都被他得罪了，他還能這麼坦然，他或許不是凡人，只是下凡的時候腦子著了地。
「嬤嬤，我們回吧。」
鄭嬤嬤也一言難盡，春鶥跟上來，幾人沈默著回了蘅蕪院。
洗漱過後，孟夷光將進宮時所發生的事，以及裴臨川所說之事，一字不落寫了下來，仔細封好之後交給鄭嬤嬤。「嬤嬤，妳親自回去一趟，將信送給祖父。」她想了想又說道：「祖母、阿娘她們肯定會問我的情形，妳無須讓她們過多擔心。」
鄭嬤嬤輕嘆。「我曉得，明兒個妳就要回門，她們定會親自問妳。」
明日的事明日再說，孟夷光現在想先解決眼前的要事。
夏荷做事麻利，中午時，新廚房就呈上飯食。
孟夷光總算吃到葷素搭配適宜的熱飯菜，她心下稍安，苦中作樂地想，有吃有喝有人伺候，日子還能過下去。

午後歇息了一會兒，鄭嬤嬤也回來了，她拿了封信遞給孟夷光，說道：「這是老神仙親筆所書。」

老神仙是孟謙的自封，下令府裡所有人都要這樣稱呼他，唯祖母趙老夫人除外，她出自將門，在府裡地位最高，老神仙打不過她。

打開信，老神仙的字一如既往瀟灑不羈，不過幾個字將一大張紙寫得滿滿當當。「已知悉，盼歸。」

孟夷光心生溫暖，忍不住笑了起來，將紙摺好放進匣子裡鎖起來，問道：「祖父他們可好？」

「家裡人都好，就是擔心妳，拉著我問了好半天，我只揀了一些好事說了。」鄭嬤嬤想起孟家人將她團團圍住問這問那的情形，不免鼻子一酸。這女人，還是在娘家時過的才是舒心日子。

孟夷光瞧著鄭嬤嬤的神色，她想起孟家又對比自己現在的處境，心裡難免難受，笑著岔開了話題。「外面雨好似停了，我們去府裡轉一轉，熟悉一下路。」

鄭嬤嬤拭了拭眼角，忙拿了披風過來幫她披上，與夏荷一起陪著她走出院子。

幾人沿著遊廊小徑走了許久，總算走了大半個府。孟夷光越走心越涼，大院套著小院，府裡就這麼點人，那些院子空置根本無人住，院牆斑駁，房頂瓦片滑落，推開院門望去雜草叢生。

府裡的最東邊有片不算小的湖，湖裡只怕積滿淤泥，湖水發綠還隱隱散發著臭味。

想到修葺打理所要花費的銀子，孟夷光的心像是被剜了一塊。她看著層層疊疊的院落，哀嘆道：「要是這些院子能租賃出去就好了。」

鄭嬤嬤無奈地道：「九娘，妳別盡想這些好事，這可是皇上賜下來的國師府。」

「國師府、國師府……」她咬牙切齒低唸。

這裴臨川要是拿國師府當一回事，就不會任由他的府邸像是荒蕪鬼屋。

遠遠瞧去，他的院子隱在紅花綠樹中，斜出來的飛簷要落不落。他自己住的地方尚且如此，盼著他整修屋子，還是不要為難自己的好。

幾人轉過假山，沿著小徑回蘅蕪院，卻被一大塊不知哪裡來的石頭擋住去路。夏荷摩拳擦掌，上前彎腰使勁推了推，石頭紋絲不動。

孟夷光看了看那塊大石，說道：「我們換條路吧。」

轉身走沒多遠，阿愚不知從哪裡走出來，他靈活至極地躍過石頭，揚長而去。

「阿愚。」孟夷光叫住他。「這塊石頭你可搬得動？」

阿愚走過來，點點頭，答道：「能。」

「那為何不將它搬開？」

瞧著阿愚的神色，孟夷光知道自己又問了蠢話，他的神情明明白白寫著，他能輕巧走過去，為什麼還要費力氣搬開？

夏荷見阿愚一動不動，急了。「能的話，你去將它搬開啊！這麼大一塊石頭擋著路，你都看不見嗎？」

阿愚抬頭看了看天色，不情不願地說道：「國師吩咐我出去買吃食。」

他們沒有在府裡開伙嗎？也是，就他們三個，誰也不像是會做飯的樣子。

孟夷光說道：「你去將石頭搬開，再去我院子的廚房裡提晚飯。」

阿愚二話不說，大步上前一彎腰，輕輕鬆鬆抱起石頭往旁邊一扔，拍拍手咧開嘴笑道：「我這就去廚房。」

孟夷光沈默，算了。

第四章

次日要回門，鄭嬤嬤本來整理了一大堆禮物，晚飯後意外收到阿愚送來的一個大包裹。

「國師說是回門禮，他明日也會跟妳一起去。」

孟夷光意外至極，打開包裹一看，裡面明晃晃一堆金塊，差點閃瞎她的眼。

裴臨川出手居然這麼大方……不是，他居然一下子拿出這麼多金子，究竟有多少家產？

孟夷光看向阿愚，他正目不轉睛地盯著几案上的核桃酥，她伸出手，將碟子拖到自己面前，拿起一塊閒閒吃了起來。

阿愚重重地吞了口口水。

「鄭嬤嬤，再去拿些點心上來，讓阿愚嚐嚐廚娘的手藝。」孟夷光吩咐完，又招呼阿愚。「阿愚，你也坐。」

阿愚咧著嘴在杌子上坐下來，雙手搭在膝蓋上，人高馬大的大男人，看起來卻像是乖巧等著投餵的小狗。

鄭嬤嬤提了食盒進來，糖梨兒、炒銀杏、肉脯、梅花酥等擺滿了几案。阿愚也不客氣，雙手左右開弓，風捲殘雲般，碟子很快見了底。

「哎喲，別噎著了。」鄭嬤嬤看不過去，替他沏了杯茶。「喝些茶消消食。」

「多謝。」阿愚總算還記得道謝，接過茶一口氣喝完，又將杯子遞給鄭嬤嬤。「煩請再來一杯。」

他看向目瞪口呆的孟夷光，黝黑的臉上居然有些難得的羞澀。「晚上提回去的飯食太少，國師吃尚且不夠，我與阿壟只喝了一碗湯。」

孟夷光深深吸了口氣。

今晚，夏荷不止一次抱怨，說阿愚守在廚房，每當廚娘做出一道菜，他就悶不作聲拿去一道，要不是她將他趕出去，只怕廚房會被他搬空。

裴臨川，究竟有多能吃？

「國師說，廚娘做的飯食很可口。」阿愚眨了眨眼，吃飽喝足後，話匣子打開來，絮絮叨叨說個不停。「他很高興，將皇上賜給他的金子全部拿出來，說是要賞給妳。阿壟覺得不對，說妳是夫人，不應該說賞，要賞的話應該賞給下人。國師去翻了書，說明日該是新婦回門的日子，這些就充作回門禮。」

孟夷光撐住額頭，揉了揉突突直跳的太陽穴，內心掙扎地問道：「阿愚，國師府裡的鋪子與田莊，都是誰在打理？」

阿愚奇怪地看著孟夷光，答道：「皇上賜了一個鋪子一個田莊，鋪子原來有掌櫃，田莊也有莊頭。皇上說了，按時向他們收租即可。」

「鋪子每月交多少銀？田莊交了多少糧？」

「掌櫃說了，鋪子一個大錢都沒有賺到，田莊也收成不好，春季要租借耕牛，買種子下地需要府裡出銀子。」

孟夷光不死心地問道：「國師給了？」

阿愚瞪著小眼睛，像是看傻瓜那樣看著孟夷光。「當然給了。國師說了，莊稼人種地豈能沒有耕牛、種子？《齊民要術》上都寫得清楚明白。」

孟夷光覺得自己真是個大傻子，她為什麼要問這麼多呢？

「嗯，我明白了，你去吧。」

阿愚伸出指尖，將碟子裡剩下的一小塊肉脯黏起來放進嘴裡吃掉，站起來轉身離去，走到門口似記起了什麼，回頭囫圇叉手施禮後，才又出了門。

鄭嬤嬤張了張嘴，孟夷光不想說話，抬手止住她。「嬤嬤，我累了，先上床歇息吧。」

天剛矇矇亮，孟夷光被院子外的罵聲驚醒。

她坐起身來，迷迷瞪瞪了好一陣子，鄭嬤嬤輕手輕腳走進來，見她醒了才抱怨道：「夏荷那蹄子，就愛一驚一乍，可是吵醒妳了？」

「沒事。」孟夷光下床，接過鄭嬤嬤遞過來的清水漱了漱口，又喝了一小杯溫水，問道：「外面出了什麼事？」

這時，夏荷提了熱水進來，臉上仍舊餘怒未消。

鄭嬤嬤瞪了夏荷一眼，她卻跟沒看見似的，仍舊氣呼呼說道：「不知哪個天殺的，居然搬了好大一塊石頭堵在院門口，我早起去廚房沒留神，差點一頭磕了上去。」

石頭？

孟夷光愣了下，淡淡笑了起來。「待我洗漱後去瞧瞧。」

洗漱完畢走出去，院門口放著的那塊石頭，果然很眼熟，孟夷光靜靜站了一會兒，阿愚如同昨日那般，從院門口慢慢晃過。

孟夷光似笑非笑，提起裙襬爬上石頭，從上面翻過去。

回頭看著她的阿愚，傻了眼。

夏荷也明白過來，氣得面紅耳赤要衝向阿愚，孟夷光叫了聲。「夏荷，我們回去。」

「呸。」夏荷不死心啐了阿愚一口，跟在孟夷光身後，嘴裡還喋喋不休地罵著。「這是吃上癮了，你說吃就吃吧，偏生還出了這麼個餿主意，沒得黑了心肝。」

孟夷光斜睨了夏荷一眼，她才怏怏地閉了嘴。

「嬤嬤，妳去喚車夫來，再叫上幾個粗壯婆子合力將石頭搬開，讓廚房把那隻大雁燉了，晚上送過去給國師。」

鄭嬤嬤也無語至極，聽到孟夷光這般吩咐，覺得很解氣，忙應下去了廚房。

孟夷光用過早飯後來到國師府門口，見到裴臨川仍舊一身青色深衣，負手等在那裡，見到她來，連看了好幾眼，欲言又止。

她視而不見，徑直向馬車走去，準備上車時，身後腳步聲響起，一隻白皙修長的手，握著青色袋子伸在她面前。

「銀子。」裴臨川仍舊面無表情，可他似乎說得有些吃力。「以後向妳買飯食。」

孟夷光推開他的手，學著他那般板著臉，聲音平平。「不賣。」

裴臨川愣在那裡，握著錢袋似乎有些不知所措，清澈的眼眸霧濛濛滿是迷茫。

孟夷光心下大樂，面上卻不動聲色，又說道：「銀子不夠。」說完她上了馬車，吩咐車夫駕著車向孟府而去。

鄭嬤嬤掀開車簾，偷偷向後面看了一眼，見阿聾駕車跟上來，才微微鬆了一口氣，感嘆道：「這人長得好看就是占便宜，國師那般冷冷清清站在那裡，跟受了天大委屈似的，我瞧著心都軟成一團，差點當場攔住妳。」

孟夷光也笑，這人光長得好看有什麼用，偶爾看看還行，要是一起過日子，就算自己心再寬，也會活活被他氣死。

孟府二門處，孟府闔家出動，老神仙與趙老夫人在前，後面領著幾房人烏壓壓站了一大片。

老神仙孟謙與趙老夫人生有三子：長子孟伯年，娶妻周氏，生有一子兩女；次子孟仲年，娶妻于氏，生有一子兩女；小兒子孟季年，娶妻崔氏，生有兩子兩女。

孟夷光是孟季年的小女兒，她下面還有個弟弟孟十郎，年方六歲。

孟夷光一下馬車，孟季年就猛地竄了出來，圍著她轉了好幾圈，哽咽著道：「我的小九怎麼瘦成了這樣！」

孟夷光嘴角抽了抽，無視誇張的孟季年，朝著家人們屈膝施禮，嘴裡一圈人叫下來，都快口乾舌燥。

崔氏眼眶發紅，握著她的手說不出話來。

孟十郎抱著她的大腿，嚎啕大哭。「九姊姊啊，小十總算見著妳了。」

趙老夫人大步向前，扒開孟十郎，又嫌棄地對孟季年說道：「沒見著還有姑爺在嗎？咋咋呼呼的，滾一邊去！」

裴臨川有些發懵，孟家人圍著孟夷光又哭又笑，他以前只在將士凱旋時見過這般情形。

姑爺，這是在喚自己嗎？

他記起皇上數次囑咐過的禮節，正要叉手施禮，卻被孟季年轉身猛地一撞，他一個趔趄，好在阿愚眼疾手快上前扶住他，才沒有摔倒在地。

頭暈目眩中，聽到孟季年不停冷哼，抬眼看去，只見他斜睨著自己，眼裡明明白白寫著不滿。

老神仙倒是笑得很溫和，和顏悅色地對他道：「國師裡邊請，家裡人多，府裡有些擁擠，不比國師府占地寬廣，讓你見笑了。」

孟夷光低頭悶笑，老神仙說得這般含蓄，裴臨川不一定聽得懂。她側頭看去，他向來面無表情的臉，此刻竟然有些驚惶，深一腳、淺一腳跟在孟家人身後來到正廳。

廳裡氣氛莫名詭異。

裴臨川與阿愚、阿壟站在一邊，孟家人站在一邊，中間隔著一段距離，像是楚河漢界，兩軍對壘，隔岸對峙。

許是在瞬間，又許是良久，裴臨川垂眸思索之後，身形動了動邁步上前，走到孟家人之中。阿愚和阿聾臉色一變，忙不迭地小跑著跟了過來。

老神仙這時撫鬚哈哈大笑，一揮手道：「國師過來跟老朽坐一起，我們好好喝上幾杯！」

孟夷光抿嘴直笑，巳時才過，這時候就要開始喝酒了嗎？

孟十郎扯了扯她的衣袖，仰頭轉動著烏溜溜的眼珠，學著大人那般嘆氣道：「真不要……」

她眼疾手快捂住他的嘴，手指伸在嘴唇上。「噓，被阿娘聽到了，仔細挨板子。」

崔氏見到姊弟倆的小動作，知道孟十郎又在淘氣，她將他拎到一邊，瞪著他道：「小十，一邊去，先生安排練習的大字，你寫完了嗎？」

孟十郎小臉拉下來，轉身立刻溜了。

功課寫完了嗎？這句話不管在什麼時空，對學生來說都是大殺器，孟夷光直笑個不停。

趙老夫人眼見廳內已經上了酒席，她嫌棄地瞥了一眼，喚過孟夷光。「小九過來，去我的院子，咱們好好說說話。」

孟夷光笑盈盈地上前，挽住趙老夫人的胳膊，崔氏幾個妯娌帶著嫂嫂姊姊們一起，浩浩蕩蕩向主院而去。

眾人才坐下來喝了幾口茶，一個嬤嬤急匆匆進來，對著趙老夫人屈膝施禮後，小聲道：「皇上來了，老神仙說讓老夫人快快去前院。」

第五章

眾人聽到皇帝居然來孟府，未免都有些吃驚。老神仙跟趙老夫人提起過，她倒能穩得住，換了身衣衫，便匆匆趕去前院。待她一走，屋子裡立即七嘴八舌小聲議論起來。

周氏長子長媳，性情穩重，出言阻止道：「外面的事我們也不懂，且由男人們去應付。今兒個是小九回門，妳們姊妹們難得聚在一起，多與她說說話。」

孟夷光讓鄭嬤嬤拿來包裹，從裡面取出金塊，羞澀地道：「我的嫁妝都是家裡備下，從孟家帶出去，不好意思再帶回來送給各位。這些是國師府裡的金子，還望大家都不要嫌棄。」

鄭嬤嬤將荷包一一送上，眾人拿著打開一瞧，都神情各異，隨即爆發出哄堂大笑。

于氏出自書香門第，從來都是清冷自持，她看著手心裡絞得參差不齊的金塊，半晌道：「小九真是俗得與眾不同。」

周氏抹去眼角笑出來的淚，虛點著孟夷光。「小九從小就愛銀子的性子，真是沒有變過。」

崔氏哭笑不得，用指頭戳了戳她的額頭。「妳呀，也就是自家人，不會真嫌棄妳。」

孟夷光蒙住臉躲在周氏背後，被她一把抓出來摟在懷裡，周氏斜睨崔氏一眼道：「誰不愛銀子？這些才是實實在在的東西，嫌棄的人都是假清高。」

崔氏笑道：「大嫂，妳就別護著她，如今也算成親的人，哪能還像小時候那般？人情世故是門大學問，可不能出去讓別人笑話。」

大家又笑，孟十郎不知從哪裡溜進來，見孟夷光居然送金子，連才出生不久的小姪兒都有份，連忙去鄭嬷嬷那裡將自己的那份討來。

孟十郎剛捏著金子在手裡笑得見牙不見眼，崔氏上前一把奪去，哄著他道：「這些阿娘幫你保管起來，待你以後長大了給你用。」

孟十郎急得上竄下跳。「每次阿娘都這麼說。我自己會保管，我是男子漢，豈能手中無銀？妳快還給我。」

眾人又笑得前俯後仰，紛紛將孩子男人們得到的那一份收到手裡。

崔氏瞪眼，小兔崽子又偷聽她與孟季年說話，揚起手來作勢要捶他，他滑溜得像泥鰍般，胖乎乎的身子一矮一扭，小短腿跑遠了。

「好了，大家都回吧！仔細別亂跑到前院去衝撞到貴人。小九跟妳阿娘回去，妳們母女倆說說話。」周氏站起來，招呼著大家一起出院子，各自散開。

孟夷光牽著孟十郎的手，與崔氏回了他們住的院子，這時候崔氏才忐忑不安又有些遲疑地問道：「小九，你們……」

崔氏性格一向俐落爽朗，孟夷光見她這般吞吞吐吐，愣了一下才恍然大悟，想到她嫁妝中那一大箱的壓箱底，垂下頭，裝作羞澀地說道：「阿娘，現在大家還不熟。」

「妳這丫頭。」崔氏神情古怪，之後又長長舒了口氣，嘆道：「我就擔心這一晚，妳才及笄，身子骨還沒有長開，本不想這麼早把妳嫁出去，可是……」

孟夷光見崔氏傷感起來，怕是又恨起皇帝亂點鴛鴦譜，忙安慰道：「阿娘，我曉得。如今我與國師各自過活互不干擾，這樣最好不過。」

崔氏眼眶又紅了。這女人成了親之後，相敬如賓可不是什麼好話。自己捧在手心長大的女兒，被這樣囫圇許配出去，雖說國師長得還算好看，可從鄭嬤嬤那裡問到的話，她只要一想起來就心疼。

孟十郎瞅了瞅崔氏，又瞅了瞅孟夷光，插嘴道：「國師姊夫長得最好看，比家裡所有人都好看。就是酒量不好，與老神仙才喝了兩杯酒，就倒下來啦，阿爹說他是繡花草包。」

咦，兩杯就倒下來了？

孟夷光想起新婚夜他倒的那幾滴酒，原來他不是小氣，是因為不能喝酒的緣故。

「那他現在可好？」崔氏一聽國師喝醉了，又擔心起他來，要是在新婚時就醉死，雖然他死了，孟夷光正好歸家，可到底會落個剋夫的名聲。

她抓住孟十郎問道：「可有人在身邊伺候？」

「他隨從扶著他去客院歇息啦。」孟十郎最會學舌，又機靈愛湊熱鬧。「我跟去瞧過了，國師姊夫沒有睡著，躺在床上自己在笑。」

他學著裴臨川板著臉傻笑，胖嘟嘟的臉看上去可笑極了，逗得崔氏與孟夷光都哈哈笑起來。

孟十郎見阿娘與姊姊都笑話自己，小嘴一噘，跳下軟榻，氣呼呼地道：「我走啦，女人就是不解風情。」

崔氏氣得要追過去捶他，孟夷光又捂嘴笑。阿爹說的話，只怕都被孟十郎學去。

「都怪妳阿爹，嘴邊沒個把門的，小十那張碎嘴，十足像極了他。」

看崔氏惱怒不已，孟夷光見她又遷怒到阿爹身上，只怕阿爹回來又會被教訓，忙轉移話題道：「阿娘，國師府裡好多院子都沒人住，需得修繕。」

她說了府裡那些院子的破敗之相，崔氏聽後沈吟了一會兒，說道：「把沒人住、腐朽太過的屋子都推倒，留一、兩個客院即可，空下來的地栽花種草，或者乾脆種一大片林子。」

孟夷光眼前一亮。是啊，那樣可簡單多了，種很多果樹，花果飄香，有得吃又有得美。

「阿娘，就種梨樹與桃樹怎麼樣？」

「京城的地寸土寸金，誰捨得拿這麼貴重的地來種不值錢的果子樹？妳尋常能吃得了幾個，莊子裡種些足矣。」崔氏想了一陣子，又說道：「就種梅花，長成梅林，傳出去也是一樁雅事，下個帖子請人飲酒，也有由頭，不會被人笑話。」

孟夷光很遺憾，她還是喜歡吃多於看。可京城人大多愛好風雅，一年有大半時日都在過節，大戶人家互相邀請喝酒，整天赴宴。

她想著皇帝來孟家，只怕老神仙會出仕，她亦不能獨善其身，全無交際。獨來獨往的是孤臣，歷來做孤臣的，都沒有好下場。

「我去替妳尋些人來，修葺整理園子，趁著現在還是春日種樹好活，說不定到了今年冬日，就能看到梅開。」崔氏說做就做，喚了伺候的嬤嬤過來，吩咐一番。

孟夷光緊緊依偎著崔氏蹭了蹭，笑道：「阿娘真好。」

崔氏握著她的手，微微嘆道：「你們兄弟姊妹四個，六娘跟了夫君去任上，她性子沈穩無須人擔心。七郎成了親，自有他媳婦操心他去。小十還小，又是個皮實的，老神仙愛將他帶在身邊，也無須多管。只有妳從小身子不好，上次那一場大病，嚇壞了我。也算老天保佑，這病後身子倒好了起來。」

她目光慈愛溫柔，打量著孟夷光。「小九，我知道妳答應出嫁，是為了家裡人，並未曾將親事放在心上。可這人啊，每天十二個時辰，每個時辰都是自己在過，不能太過清醒，須得糊塗些，日子才會舒心自在。」

孟夷光鼻子一酸，崔氏是真正睿智聰慧。孟家雖然和睦，男人不可納妾置通房，各房對外沒有分家，對內各房獨自過活，只在過大節、大人生辰時聚在一起用飯。

這大戶之家，哪能沒有磕磕絆絆的時候？就拿孟季年來說，他瀟灑不羈，交遊廣闊又出手大方，是京城有名的狂人。可他不事生產，十足的甩手掌櫃。

崔氏要操心兒女婚嫁，操持家事，成日忙個不停就沒一刻歇息的時候。

崔氏擔心，孟夷光會如她一般辛苦。

母女倆親密地說了一會兒話，嬤嬤進來說道：「九娘，老神仙喚妳去他院子，說有要事相商。」

崔氏忙站起來，替孟夷光整理一下衣衫，催促著她快過去，問道：「皇上走了？」

嬤嬤道：「皇上與老神仙喝了幾杯酒，兩人下了幾盤棋之後便走了。」

孟夷光與崔氏道別後，來到老神仙的院子，見屋子裡祖母、阿爹、叔伯兄長們都在，只有她一個女兒，按捺住心裡的不解，屈膝施禮後在末座坐下。

老神仙紅光滿面，撫鬚傾身過來，說道：「小九坐過來些，我如今身子骨不好，說話不能太大聲，怕妳聽不清楚。」

孟夷光掀了掀眼皮，起身坐近了些。

老神仙出言道：「小九，收到妳的信，我很欣慰，我家貪吃貪睡的小九……」說到這裡他瞇眼一笑。「字還是那般醜。當然這些都不是妳的錯，是妳阿爹沒有教好。」

孟夷光和孟季年相繼抽了抽嘴角。

老神仙笑完，乾脆直接地道：「皇上來家裡，是要請我出仕。我身子骨不好，一直抱病在身，怕是擔當不起丞相之責。」

孟季年跳了起來。「老神仙，你莫跟我說笑，我都打不過你，你身子比牛都壯，你哪裡不好了？」

啪！

趙老夫人將手中佛珠扔過來，準確無誤地砸到孟季年的頭上。

孟季年抱著頭仍舊叫道：「丞相啊，這麼大的官，多威風，我成了丞相兒子，那豈不是能在京城橫著走了？」

孟夷光抿嘴偷笑，當一個紈袴二世祖，成日鬥雞走狗，也是她的願望呢！她看了一眼孟季年，他真是她親爹。

「小九，妳怎麼看？」老神仙不理會孟季年，笑咪咪地問道。

孟夷光有些傻眼，這般大事，老神仙居然問她？

她為難地說道：「這個問我合適嗎？」

老神仙神秘莫測一笑。「國師擅長卜卦預測運勢，妳如今嫁給他，說不定已沾染到他的仙氣，也能金口玉言看前程。」

孟夷光眨眨眼，老神仙真是老狐狸，他明明是見自己最先寫信給他，還在那裡故弄玄虛。

「這個，先人有三顧茅廬，總得矜持些。」她羞澀地垂下頭。「就是，真不能囂張跋扈嗎？」

老神仙哈哈大笑，搖頭晃腦地說道：「不可，不可，孟家人要做名垂千古的官。」

孟季年翻了個白眼，撇嘴道：「你行嗎？」

老神仙晃著二郎腿，氣定神閒地說道：「這做官，只要夠不要臉，心夠黑，能審時度勢，位極人臣不過是手到擒來。畢竟，你老子我是老神仙，從前朝做到今朝，熬死幾個皇帝算個屁大的事。」

「都給我聽好了，你老子我既然要當大官了，一人得道，雞犬也該升一升。從老大開始，你們說說自己中意的差使吧。」老神仙說完喝了一口茶，帶著不可一世的笑意，看著兒孫們。

孟夷光無語。

難道，朝廷是孟家開的嗎？

第六章

「我呸，你當朝廷是酒樓，你想點什麼官就點什麼官？」趙老夫人罵了出來。

老神仙笑得眼睛眯了起來，眉毛鬍子亂動。「不打沒準備的仗，嘿嘿，本仙人神機妙算，在前朝時都讓他們撈了個功名在身。要是擱到當下，只怕出十倍的銀子也不夠。」

趙老夫人默默地轉過了頭，神情是一言難盡。

孟夷光從孟家男人們的臉上掃過，見他們都與有榮焉，不禁垂眸掩嘴偷笑。

她真是太喜歡老神仙了，這種奸臣之家商議壞事的感覺，怎麼都覺得又激動又美妙。

孟伯年開口道：「我喜歡算帳，戶部比較適宜。」

孟仲年喜好讀書，當仁不讓選了國子監。

孟季年摩拳擦掌，大言不慚地道：「我覺得，還是相堂比較適合我，父子共為相，簡直是千古美談。」

「呸。」趙老夫人乾淨俐落地罵了回去。

老神仙樂呵呵地道：「老三啊，臉皮厚是好事，厚過頭了也得擔心，那點輕骨頭，能否掛得住。」

孟季年瞅著趙老夫人的手又伸向茶杯，他悄無聲息地移到孟伯年身後，很識時務地說道：「我且偶爾謙虛一下，還是不要做官較好，以免哪天看同仁太蠢不順眼，抓過來揍了，遲早得被罷官，老神仙還得被御史追著罵。」

接下來孟家孫子輩們紛紛說了自己的想法，京畿營的、吏部的、禁軍的，文武皆有。

老神仙舒心大笑，朗聲道：「雖然你們都不如本神仙聰明，倒還算有自知之明。本神仙在此重立家規，不可賣國，不可坑窮苦百姓，每人必須將律法熟記在心，且能舉一反三。」

屋內商議得熱火朝天，這時孟十郎邁著小短腿，靈活至極躲過僕人捉他的手，衝進正屋，揚聲大喊道：「九姊姊，妳的國師夫君吵著要回去啦！」

孟夷光還未來得及說話，孟季年一下跳了起來，一邊挽袖子一邊往外衝，怒罵。

「小兔崽子，看我給他一頓好打！」

孟家叔伯兄弟亦站起來，默不作聲跟在他身後。

「回來！」趙老夫人一拍几案，震得茶杯晃了晃。

老神仙眼疾手快撲過去扶住杯子，心疼得直叫喚。「哎喲，我的上古御瓷。」

孟夷光眼角抽了抽。好吧，上古御瓷。

孟季年不情不願地站住了。

趙老夫人對孟十郎招了招手，他跑過去依偎在她懷裡，她先前還凌厲的眼神瞬時柔和無比，慈愛地道：「十郎，後來呢？」

孟十郎一口氣說道：「後來阿娘與嬷嬷前去瞧了，說是九姊姊還未用飯，按著規矩得用過午飯後才能走，於是國師姊夫就留下來，現在已在用飯啦。」

「嘿，你這個渾小子，說話大喘氣。」老神仙伸了個懶腰，摸了摸肚子道：「散了吧，也該用午飯了。老三與小九留下來，陪我們一起用飯。」

孟家男人們起身向外走，順手將孟十郎也帶出去。

幾人悄無聲息地用完午飯，漱口之後，在軟榻上坐下來喝茶歇息。

老神仙和藹地看著孟夷光，說道：「小九，我仔細瞧過了妳那國師夫君，在世人眼裡瞧著是有些傻，可世外高人總有些與眾不同之處。他性情至純，像是未經雕琢之璞玉，妳承繼了我的聰明，定能將他打造成一塊稀世美玉。」

孟季年在旁邊翻白眼，趙老夫人斜睨了他一眼，輕輕拍了拍她的手。「老頭子其他本事沒有，看人的本事還是有一些，這夫妻之間，哪能有十全十美之事，端看妳想怎麼過。」

孟夷光心裡一暖，老神仙歷經兩朝，見情勢不對能夠辭官蟄伏多年，將家人護在羽翼下毫髮無傷。又特意留她用飯安慰她，擔心她會難過。她笑道：「我明白，老神仙、祖母你們無須替我操心，我會過得很好。」

老神仙又揚起下巴，說道：「要是妳不願意那樣過活，亦無關係。我就是拚了這條老命，也要尋著法子讓妳和離歸家。不然當這勞什子的官做甚，不就是為了家人們不受氣，過得舒心自在嗎？」

孟季年也豪邁地道：「先前是賜婚不好反抗，現在親也成了，要是妳看那花花臉不順眼，妳老子我三教九流的朋友遍天下。」他做了個抹脖子的動作，陰陰一笑。「悄無聲息弄沒一個人，還不是手到擒來。」

老神仙與趙老夫人紛紛點頭贊同。

孟夷光聞言，又想笑又想哭，有這樣的家人在身後全力護著她，她定會活得很好來報答他們。

午飯後歇息了一會兒，孟夷光照著規矩回府。原本她一輛馬車回娘家，回去時崔氏足足給她準備了三輛馬車的東西，周氏、于氏、嫂嫂們也送上大包小包，她坐的馬車亦放不下，乾脆放在裴臨川的車上。

孟夷光與家人道別後，在崔氏的眼淚與孟十郎的號哭下艱難地乘上馬車，到了國師府二門處下車。

裴臨川從馬車裡下來，看了看她，開口道：「小半個時辰不到。」

她眼眶紅紅，心裡悶悶的，不太想說話，見到軟轎過來，默不作聲上了轎。

裴臨川上前堵住軟轎，仔細打量著她的臉色，認真地說道：「我可以經常陪妳回去。」

孟夷光抬眼看著他，什麼叫「我陪妳回去」？

裴臨川眼底閃過笑意。「妳家的飯食很好吃，我很喜歡小十，他比妳好。」

世外高人，世外高人，孟夷光在心裡默唸，她不去看他，催促著婆子起轎。回到蘅蕪院略微洗漱，婆子們將大包小包搬了進來。

夏荷扠著腰跟在一個行走的包袱身後，不住地出口訓斥。「仔細著些，別掉下來了。」

孟夷光看直了眼，待到包袱被放下，阿愚那顆大腦袋露出來，他回頭就要溜，夏荷向前一步捉住他。

「跑什麼跑，還有一車呢！你搬大石頭堵院門的勁哪兒去了？」

阿愚扭著身子吭哧。「是得了國師吩咐，不是我。」

孟夷光微眯著眼睛看著阿愚。「你去將馬車裡的包袱全部搬進來，晚上我讓廚娘燉大雁湯給你們喝。」

阿愚一聽有吃食，歡快地應道：「是，我馬上就去。」

有了阿愚出力，包袱很快被搬進屋子，他還主動留下來幫忙整理，圍著點心盒子邁不開腿。

孟夷光看得眼睛疼，拿了幾盒給阿愚，將他打發出去。

晚飯過後，孟夷光走動消食後回屋，裴臨川又來了。他不待人招呼，主動在軟榻坐下。

孟夷光看了他一會兒，客氣地問道：「國師喝什麼茶？我這裡有老君眉與蒙頂石花。」

「就要龍井吧。」

孟夷光深吸一口氣，對鄭嬤嬤說道：「來一杯清水。」

裴臨川不緊不慢地說道：「要蜜水。」

孟夷光看著他澄澈的眼睛與無辜的俊臉，無力地對鄭嬤嬤說道：「去吧，去吧。」

鄭嬤嬤端上蜜水，裴臨川抿了一口，像是偷吃到魚的貓，滿足地瞇起眼睛。

孟夷光偏開頭，問道：「國師前來所為何事？」

裴臨川拿出鼓鼓的錢袋子，另加一份地契與房契放在她面前，說道：「我有銀子，這些都給妳。」

見孟夷光愣了一下，裴臨川等了一會兒，見她沒有說話，主動解釋道：「阿愚帶回來的點心很可口，大雁湯也很鮮美。可阿壟說妳在生氣。」他垂下頭，神情居然有些羞赧。「我吃了妳的飯食、點心沒付銀子，這樣不對。我只有這些，買妳的飯食可夠？」

孟夷光心裡微嘆，瞄了一眼几案上那兩張紙，隨口問道：「皇上就賜了你這些？」

裴臨川眼神浮起一些疑惑，答道：「很多了，還有金子，我都給妳了。」他想了想補充道：「皇上說，國之初定，國庫空虛，很窮。孟家有銀子，妳外祖父家更是金山銀山，妳被賜給我，家裡人愧疚，會給妳十里紅妝陪嫁。我不太願意，我沒有成過親。趙牛兒說，成親就是找個母老虎管住自己。」

孟夷光按了按胸口，他心性純良，一定不要跟他計較。她看著他高冷的臉，忍不住好奇地問道：「皇上如此信任依賴你，你既然不願意，大可拒絕賜婚，為何又同意與我成親？」

裴臨川沈默半晌，答道：「我卜過很多卦，算過這是命定大劫，避不過。」

孟夷光唸咒無效，呼一下站起來，裴臨川驚得向後仰倒，貼著軟榻邊，小心翼翼避得遠遠的，帶著些許驚惶說道：「妳又生氣了嗎？可我沒銀子了，廚房還會讓阿愚去提吃食嗎？」

他眼神霧濛濛，像是有碧波蕩漾，那麼軟軟地看著孟夷光，她滿腔的怒氣被戳破，揉了揉眉心，無力地說道：「不生氣、不生氣，給你吃飯，你去吧，以後不要來找我，我還想多活幾天。」

第七章

近日，崔氏差人來，幫孟夷光修葺宅院。

眼瞧著蘅蕪院也需要修繕，又見客院已經修好，孟夷光想著乾脆搬過去住一陣子，再慢慢修蘅蕪院。

府裡從早到晚，響動不停，鄭嬤嬤回報，好幾次遇到裴臨川，在修葺的院子庭院前，一站許久，看得極為認真。

孟夷光笑道：「看就看吧，只要不來煩我就成。」

不過她疑惑的是，他不去上朝嗎？怎麼成日賦閒在家？

皇帝請了三次老神仙出仕，他矜持過後已經入了相堂，孟伯年與孟七郎也已照著先前的打算，去了戶部與禁軍。

難道裴臨川空有國師名，根本沒有差使俸祿？

想到這裡，孟夷光有些坐不住，自己想過混吃等死的日子，可裴臨川那麼能吃，賺不到銀子不說，說話還能氣死人，連阿爹都無法比——他至少還有個當丞相的爹。

孟夷光還沒有去找裴臨川，鄭嬤嬤先到，生氣地說道：「九娘，國師攔著栽種梅花的花匠，說一定要讓他們按著他的指點來栽種，簡直拉都拉不走。」

「莫非是堪輿風水？」孟夷光想著他是國師，五行風水這些肯定精通。

「可那樹要是栽種在水邊，離水太近根本種不活。」鄭嬤嬤也有些遲疑了。

「我去瞧瞧。」

孟夷光與鄭嬤嬤來到湖邊，靠著湖的院子被推倒後，地面被收拾整理乾淨，已經種上一排排的樹。

裴臨川負手站在挖好的坑邊，花匠站在旁邊一臉為難。

「這裡，不能種。」裴臨川見到她來，似乎鬆了一口氣，又有些委屈地說道。

「為何？」孟夷光好奇地問。

裴臨川伸出手去拉她衣袖，伸到一半似乎覺得不妥，又縮了回去。他邁步往前走，一邊走，一邊回頭跟她說：「妳且跟我來。」

孟夷光心下更為好奇，跟著他走遠了些，他指著前面種好的樹說道：「這一排種上去，不均等，不在一條直線上，醜。」

不生氣，不生氣……

孟夷光又唸起清心咒，忍住心裡的怒意，和顏悅色地勸他。「國師，待樹長大散開後就看不出來了。」

裴臨川側頭看著她，臉上帶著些慍怒，似乎在生氣她的敷衍。

「我想……」

孟夷光飛快打斷他，眯眼微笑著說道：「不，你不想。」她招呼著鄭嬤嬤。「嬤嬤，妳去讓花匠繼續栽種，國師不懂農桑，無須聽他的。」

裴臨川見鄭嬤嬤去了，腳動了動，終是沒有追上去，他看著孟夷光，氣鼓鼓地說道：「我會農桑，我熟讀《齊民要術》。」

孟夷光別開了眼，揉了揉眉心，無力地問道：「國師，你沒有差使，不用去衙門當差嗎？」

「有。」裴臨川聲音悶悶的，顯然還在為種樹的事不開心。

孟夷光訝異地看著他，居然有差使？

「那你怎麼成日在家？」

「天象有異，慶典大祭日，或皇上有重大之事宣召，才需進宮。」裴臨川說完又補充了一句。「在府裡也可卜卦，宮裡太吵。」

孟夷光眼裡溢出笑意，他語含抱怨，顯然這些時日府裡大興土木也吵到他，怪不得他閒得每天跑出來四處閒逛。

「那你有俸祿嗎？俸祿幾何？」

「有，每月俸祿三百兩，再加其他添給。」

春光日暖，陽光細碎灑在裴臨川髮間，他眼裡亦散發出陣陣光彩。

「不會白吃妳的飯食，都給妳。」

孟夷光笑得眉眼彎彎，國師大人不僅僅只有一張臉好看，每月的俸祿竟然與老神仙同等，享受著正一品的待遇。

他的確不算吃白食，她這些時日源源不斷花出去的銀子，總算能收回些，心情霎時好了許多。

「我的院子也要修葺，漏水。」裴臨川頓了一下，抬手指向客院。「我先搬進那裡暫住，阿愚已經將我貼身貴重之物搬進去。」

孟夷光看著自己想要搬進去的客院，已經被他鳩占鵲巢，心下無力更甚，看來她還是高興得太早。

她想了想，說道：「去你院子看看，要是腐朽太過，乾脆推了重建。」

裴臨川雙眼一亮。「好。」

待鄭嬤嬤前來，幾人一起去裴臨川住的「天機院」。

院門口的匾額嶄新，院門油漆斑駁，看上去怎樣都不般配。進去院門，是爬滿青苔的影壁。繞過影壁，庭院裡拔起的雜草隨意堆在一旁，地面上有碎掉的瓦片，廊簷下的木地板翹起來，踩上去吱呀作響。

孟夷光沈默地走進正屋，榻几破舊，卻一塵不染，几案上擺著細頸白瓷花瓶，裡面插著幾枝綻放著新芽的柳枝。

「這裡漏水。」裴臨川走到靠近窗櫺處，抬手指向藻井。「水滴石穿。」

孟夷光抬頭看去，雕花藻井破爛發霉腐敗，有一角似墜非墜。

裴臨川又帶著她看了書房、臥室，指了那些漏水之處，到最後他的語氣中已飽含著無盡的委屈。

「請坐。」回到正屋，裴臨川指著軟榻。「我有蜜水。」

阿壟不知從哪裡冒出來，端了兩杯蜜水放在他們面前，又閃身不見了。

孟夷光看了看缺了一角的杯子，在軟榻上坐下，榻凹陷下去，嚇了她一跳。

裴臨川嘴角上揚，眼裡浮上一絲得逞的笑意。「嚇到妳了。」

孟夷光不想理他，徑直道：「皇上賜給你府邸，怎麼沒有修葺？這麼大的院落，沒有小廝丫鬟怎麼看顧得過來？」

「修葺過，起初我住在蘅蕪院。阿壟說，新娘要住新房，我搬出來讓給妳。」裴臨川又委屈起來。「娶親不好。」

孟夷光無言。

「我有阿聾阿愚，足夠，人多太吵。」裴臨川似乎怕她聽不懂，又認真解釋。「他們自小伴著我長大，阿聾起初跟著先生，阿愚是先生撿來的，我也是先生撿來的。」

他是孤兒？孟夷光心中的鬱悶散去了一些。

「先生是你師父？」

「算是，但先生說不要叫他師父。卜卦之事，在於天分，如人太蠢，一輩子都教不會。阿聾、阿愚都太蠢，所以沒有學會。」說完，裴臨川看著孟夷光，認真地打量著她。

孟夷光瞪著他，板著臉不說話，他要是敢說她蠢也學不會，她只怕會打爆他的頭。

裴臨川嘴唇動了動，識相地閉嘴。

「你先生沒有教你人情世故嗎？」

裴臨川神情迷茫，好半晌才說道：「為什麼有許多人這樣問我？先生說，要聽從自己的內心，如有太多私心雜念，無法看破卦象。皇上說，懂人情世故、會說話的人很多，只因他們太過入世，是大俗人。」

大俗人孟夷光在一旁默然了。

她懇切地看著他，溫和至極說道：「國師，往後你少說一些話好不好？你看，這世間就你一個國師，其他都是入世的大俗人。你已得罪了太后、皇后，要是再惹怒她們，小心把你拉下去砍了。」

裴臨川神情平靜，篤定地道：「不會，皇上不會允許。」

孟夷光俯身過去，循循善誘。「皇上以前要打江山，所以要依靠你卜卦，臨出發前把你叫來卜上一卦，這一仗是凶是吉。可現在江山已定，太子又是皇后親生，太平盛世無須你卜卦。」

裴臨川像是看傻子那般看著她，說道：「不只是卜吉凶，還有天象，四季雨水，洪澇災害。」

孟夷光扶額，口乾舌燥卻一無所獲，她捧起蜜水喝了一口，不知阿壟是不是放了一半水一半蜜，簡直甜得難以下嚥。

裴臨川卻喝得很享受，放下杯子還抿了抿嘴唇似在回味。

「我也有卜不出來的時候，比如妳，我看不清妳的來歷。」

孟夷光放下杯子，背心陣陣發涼，裴臨川看出她的不同，她會不會被當作妖怪殺掉？

她強忍住心裡的驚慌，問道：「你怕不怕？」

裴臨川突然俯身過來，長臂一伸，修長的手指輕觸她的臉頰，微涼的指尖讓她渾身僵硬，無法動彈。

「看，妳身上是暖的，是活生生的人。」他縮回手，輕輕摩挲著指尖，臉上笑意隱隱。「我亦是奇人，我不怕。」

孟夷光心裡莫名一鬆，愣怔片刻後總算緩了過來。

「妳給我吃食。」裴臨川看著自己的手指，笑意更甚。「妳的臉好似上次阿愚提回來的雪團子，雪白柔軟，我還能再摸一下嗎？」

孟夷光猛地站起來，瞪著他威脅道：「再摸，打斷你的手！」

裴臨川臉上笑意退去，明亮的雙眼又霧濛濛，不死心地道：「又不吃，只摸一摸。」

「再說以後不給你飯食！」孟夷光斜睨著他，下了狠招。

裴臨川最終閉上嘴了。

孟夷光怒沖沖走出屋子，鄭嬤嬤迎了上來，覷著她臉色，問道：「又氣著了？」

「沒事，走吧。」

鄭嬤嬤這才嘆了一口氣，與她一邊往外走，一邊說道：「這院子怎麼能住人？柱子都被蟲蟻蛀空了，要是下一場雨，房頂說不定會塌下來。阿壟說，這裡也有好處，院子裡有一窩野雞，他們抓來烤了，吃飽了好幾頓。妳說說，這都是什麼事……」

孟夷光苦笑道：「推倒重建吧，先讓他去客院住著，別到時候幾個傻子被一同埋了。」

「阿龔說，皇后的娘家兄弟徐侯爺，主動要幫國師府修葺屋子，可國師拒絕了，嫌棄徐侯爺不愛擦牙，說人臭烘烘的，修出來的院子也會臭烘烘。」

孟夷光噗哧笑出了聲。

徐侯爺以前不過是擁有幾畝地的鄉紳，後來妹妹嫁給同是鄉紳起家的皇上，才一舉升天，想必當了侯爺，從前的習氣猶在。

笑完後，她又發愁，以國師那張嘴，跟著皇帝一同發家，同是草莽英雄出身的新貴們，不知被他得罪了多少？

第八章

陰雨連綿的天終於放晴，廊下門口掛著用柳枝條串起來的棗錮飛燕，廚娘手巧，燕子用白麵捏得栩栩如生。

夏荷與春鵑提著食盒，鄭嬤嬤懷裡抱著衣衫包袱，幾人跟在孟夷光身後，來到二門邊正準備上馬車。

裴臨川不知從哪裡閃身出來，堵在馬車前。他向來清冷自持，此刻卻是非常不滿，神情惱怒。「我不喜冷食。」

孟夷光見時辰不早，阿娘怕是早已出城，不願與他胡纏，敷衍他道：「今日大寒食，明朝就可開伙，你且忍一忍。」

裴臨川垂眸沈吟片刻，指著春鵑她們手裡的食盒，問道：「那裡面是什麼？」

「點心蜜餞。」孟夷光見他眼睛一亮，忙又說道：「與送給你的一樣，香油拌春筍、春韭烙餅等，不過是些寒具吃食。」

「妳去何處？」裴臨川總算放過吃食，又不斷打量著孟夷光，抿嘴一笑，指著角落裡一棵綻放新芽的樹道：「妳很像它。」

孟夷光看著自己身上湖綠的衫裙，沈著臉繞過他，上了馬車。

「妳去何處？」裴臨川不依不饒，跟上來扶住車門問道。

孟夷光嘆氣，答道：「出城踏青。」

裴臨川想了想，叮囑道：「須得早日回城，車馬眾多，會擠。」

想不到他還會關心人，孟夷光微微笑起來，只是才笑到一半就笑不出來了。

「別誤了回府開伙。」

「鄭嬤嬤，上車走了。」孟夷光喚了聲。

鄭嬤嬤忍住笑意，對裴臨川屈膝施了施禮，爬上馬車，車夫駕車往府外駛去。

鄭嬤嬤見孟夷光一臉鬱色，笑著勸解她道：「國師倒是實誠，喜歡什麼、不喜歡什麼，都會如實道出，總比那些三棍子打不出個屁來，什麼話都悶在心裡的好。」

孟夷光沒好氣地道：「那是，他是想到什麼說什麼，絕對不會委屈自己，斷不會去管聽的人會不會生氣。」

鄭嬤嬤陪笑道：「得往好處想，至少他掙的銀子全部交來了，自己一個大錢都沒有留。」

前些天，阿愚去領裴臨川的俸祿，回來交到孟夷光手裡後，眼巴巴站在那裡不肯走。

她還以為他又想著吃食，給了他一些點心後，他接過去仍舊一動不動，她好奇地問道：「阿愚，可還有別的事？」

阿愚答道：「還未發月例，我與阿龘的都未發。」

孟夷光愣了一下，她還以為阿愚領回銀子，定是先交給裴臨川，他留下一些再送來，沒想到卻直接交到自己手裡。

她清點了一下銀票與碎銀，差不多三百五十兩左右，詫異地道：「怎麼多出這些？」

「添給折了現銀，戶部說，以後冰敬、炭敬等都折成現銀發放，省得麻煩。」

孟夷光想到徐侯爺在戶部當差，採買官員所發放的添給，中間一經轉手，自是撈足油水，只是不知誰在其中動了手腳，斷了徐侯爺的財路。

這些朝堂大事，自有老神仙那邊去操心，她將之拋諸腦後，問道：「先前你與阿龘的月例幾何？」

「阿龘二兩，我一兩五錢。」

孟夷光思索片刻，拿了四兩五的銀子給他，笑道：「你們當差辛苦，以後就與我身邊的嬤嬤丫鬟同等，阿龘二兩五錢，你二兩。」

阿愚接過去笑得見牙不見眼，破天荒叉手深深施禮，微微激動道：「謝過夫人。」

「比起阿爹來，是好那麼一點點。」孟夷光嘆道。
鄭嬤嬤聽完後忍俊不禁，噗哧笑出了聲。
孟季年經常向崔氏討錢，被罵了幾次之後，就學會藏私房錢。院子裡都被他藏遍了，只是每次都被孟十郎翻出來，樂顛顛地交給崔氏，換取一、兩個大錢的打賞，或者一塊糖。
孟季年氣得大罵孟十郎蠢，那些銀子何止一、兩個大錢與一塊糖。最後他為了防孟十郎，居然將銀子藏在藻井裡，只是他扒開藻井之後，沒有再合嚴實。有次他與崔氏在屋裡，藻井掉下來恰好砸在他頭上，碎銀銅板跟著掉了下來，滾得滿地都是。
崔氏氣得差點暈過去，將他趕出院子與孟十郎住了差不多一個月，他伏低做小後，才又讓他回了屋。
不僅僅是孟季年，從老神仙起，孟家男人都愛藏私房錢，而且還互相包庇，因此被家裡女人追著打罵的事層出不窮。
孟夷光心裡感慨，孟家男人不易，孟家女人更不易。
馬車出了城，官道上行人車輛絡繹不絕，都趕著好天氣出門踏青、上墳。
孟家祖籍在江南青州，老神仙每年只提前差使小廝回去祖宗墳前燒紙祭奠，孟家人在清明時，循例會去京郊的莊子遊玩踏青。

京郊雲水山下，都是達官貴人的田莊，馬車下了官道駛入小道，一路上青山碧水，宅院掩映其間，美得像是世外桃源仙境。

突然馬車停了下來，鄭嬤嬤疑惑地道：「這麼快就到了？」她從車窗裡探出頭去，只見前面道路狹窄，兩輛馬車能將將駛過，只是對方馬車比尋常馬車寬大許多，車上大大的「徐」字甚是顯眼。

車夫上去交涉幾句，又走回來，為難地說道：「九娘，馬車上是徐侯爺家的三娘子，說是他車寬不好掉頭，讓我們退回去讓路。」

鄭嬤嬤氣道：「他們明明後退幾步，我們的馬車就可以過去，要是我們退後，須得退到官道去，後邊還有馬車過來，難不成都要一起退？就是皇上出行也沒這麼大的陣仗，簡直欺人太甚！」

徐家車夫已經不耐煩地大喊起來。「前面的車擋著做甚，快快駛開！」

鄭嬤嬤氣得就要下車去理論，孟夷光拉住她的袖子，說道：「嬤嬤別急。」她看著車夫問道：「對方有幾人？」

車夫回頭看了一眼，答道：「馬車前面坐著車夫與小廝，還有兩個粗壯的婆子下車來。」

孟夷光算了算，後面車上坐著春鵑與夏荷，再加上兩個車夫，打贏的勝算不大，她說道：「我們退回去，讓她先過吧。」

鄭嬤嬤直罵道：「徐家這是仗著有皇后、太子，完全不把國師府與丞相府放在眼裡。」

孟夷光勸道：「且莫與蠢貨爭一時意氣。」見鄭嬤嬤仍舊意難平，她笑道：「以後出門記得將阿愚帶上。」

鄭嬤嬤想想也是，他們幾人勢單力薄，要是對方發狠動起手來，挨上幾下是爭得閒氣卻吃了大虧。

馬車掉頭走了幾步，又停了下來。

車夫上前來說道：「國師來了，說是馬車只有向前，沒有退後的道理，他不肯退讓。」

孟夷光驚訝至極，裴臨川居然跟來了？這時車外一陣擾攘，她忙探出頭去看，只見阿壟阿愚兩人，生生將馬車合力抬起來，往後面寬闊處一扔，阿壟往回走，阿愚如根石柱立在那裡。

徐家車夫張牙舞爪撲上去，阿愚一隻手抱在胸前，一隻手輕巧地將他拎起來一甩，如倒栽蔥般，車夫腳朝天、頭朝下插在農田裡，孟夷光與鄭嬤嬤被逗得笑個不停。

徐家馬車上一直未露面的徐三娘這時下了馬車，她肖似皇后，方臉方腮，身形比皇后還要壯實一倍。怪不得她會用粗壯的嬤嬤，有了她們陪襯，她看上去也會嬌小許多。

她原本怒氣滿面，見到阿愚時倒是愣了一下，探頭往前面一看，臉頰上居然浮起兩朵紅暈，邁著碎步上前，無視孟夷光的馬車，徑直向後面裴臨川的馬車走去。

孟夷光訝然片刻，隨即恍然大悟，他得罪皇后，恐怕也是因為徐三娘。她探出頭去，瞇著眼睛看起了熱鬧。

鄭嬤嬤也看出端倪，氣得呼吸都重了。她倒要看看，當著人家正頭娘子的面，徐三娘能做出什麼不要臉的事來。

徐三娘對著裴臨川的馬車盈盈一禮，嬌聲道：「裴哥哥，對不起，我不知道是你，無意堵住你的車，你也是來踏青嗎？」

車裡鴉雀無聲，阿壟面無表情答道：「國師交代了，由我替他答話。國師沒有兄弟姊妹，再說娘子長這樣醜，與國師全無相似之處，不會是國師的姊妹。」

徐三娘難堪得眼眶都紅了，她咬了咬唇，指著車子說道：「我不信，你讓裴哥哥親自來與我說。」

阿壟巍然不動，答道：「國師交代了，說徐家人不愛擦牙，臭烘烘的會熏著他。」

徐三娘再驕縱，亦不過是個小娘子，面皮薄再也掛不住，羞得哇一聲哭了出來，抽噎著道：「我有擦牙，只是阿爹不愛擦牙，你莫亂造謠。」

阿蘢一拉轠繩，車子越過徐三娘，緩緩地吐出一句。「聒噪，烏鴉。」

徐三娘的哭聲更響，哭得直哽咽。

孟夷光與鄭嬤嬤捧著肚子笑得前俯後仰直不起腰來，直到馬車駛到孟家莊子門前，她們下了車，見到後面馬車下來的裴臨川，還笑個不停。

裴臨川神色自若，指著孟夷光的臉說道：「胭脂花了，像是猴子屁股。」

孟夷光差點仰倒，惱怒地拍向那隻白皙修長的手指，瞪著他道：「再亂說話不給你飯食！」

第九章

莊子裡四處綠意盎然，阡陌交錯，春日煦暖，呼吸間皆是草木花香，如果沒有裴臨川的聒噪，一切恰到好處。

「有一種硃砂入藥，塗抹在臉上，紅色永久不褪。」裴臨川負手，不停轉頭看著孟夷光，眼神滿含期待，見她毫無反應，又補充道：「我會配製。」

誰要永遠在臉頰上頂著兩坨紅色？

孟夷光扭開頭，加快了腳步。

裴臨川長腿一邁跟了上去，微微彎下腰側頭去看她，再次強調。「我會配製。」

孟夷光深吸氣，猛地一轉身。

裴臨川像是受驚的小鹿往後一跳，背在身後的手一抬，寬袖將臉擋了個嚴嚴實實。

真是……

孟夷光好氣又好笑，無奈地說道：「我不打你。」

聽到她這麼說，裴臨川才將手放下，竟微微鬆了口氣，認真地說道：「我以為妳要打我。幼時我曾經被打過，很痛。」

見她沈默不語，以為她不相信，他撈起袖子將胳膊伸在她眼皮下。「這些傷疤都是。」

白皙的肌膚上斑痕交錯，這麼多年還是如此清晰，當年幼小的他受了多少虐待？

孟夷光的心裡一酸，溫聲道：「都過去了。」

裴臨川收回手，將袖子放下來，仔細撫平皺褶，慢悠悠地說道：「我長大了，妳打不過我。」

孟夷光不語。

「妳打我，我也不會還手，妳是我媳婦，我得護著妳。小十跟我說過，孟家男人都得讓著媳婦。」裴臨川看了看她，垂下眼眸，不由自主舔了舔唇。「他不說我亦知道。」

孟夷光像是條乾涸的魚，蹦到一個淺水坑裡，坑裡有隻叫裴臨川的王八，認命吧。

她無力地問道：「你跟來做什麼？」

「我沒踏過青。」裴臨川四下張望，指著前面的來人說道：「妳阿爹來了。」

孟夷光抬頭看去，孟季年與孟十郎大步朝著他們奔來，兩人一樣誇張地伸著手臂，深情呼喚。

「小九。」

「九姊姊。」

孟夷光叫了聲。「阿爹。」又摸了摸孟十郎頭頂的小揪揪，問道：「你們怎麼來了？」

孟季年腰一擺，將裴臨川頂到一邊，還狠狠斜睨他一眼，轉過頭對著她又滿臉笑容。

「妳阿娘見妳遲遲未到，擔心妳路上出事，派我來迎一迎。當然呢，沒有妳阿娘吩咐，我也打算來。」

「撒謊，阿爹說老神仙是丞相，就是像螃蟹那樣橫著走，也無人敢惹，女人就是想太多。」孟十郎低下身，靈活閃到裴臨川身後，躲過了孟季年要揍他的手，嘻嘻一笑。

「阿爹在挖溝，說要弄一處曲水流觴，好與友人一同飲酒作樂。」

孟夷光看著孟季年的衣衫下襬，上面沾滿泥土，她移開目光，心想，阿爹只怕又要被阿娘揍了。

孟季年鄙夷地看著孟十郎，說道：「你小子那一手大字寫得比狗屎還要臭，哪裡懂我這等書法聖人的雅事。」

裴臨川神情罕見的柔和，牽著孟十郎的小手跟在孟夷光父女身後，插嘴說道：「來時路上是出了事，徐家馬車擋住了路，不肯相讓。」

孟季年霎時一蹦老高，眉毛、鬍子一起亂飛，如見了鬼一樣，失聲道：「小九，妳難道沒有告訴對方，妳祖父是丞相？」

在老神仙入相堂後，孟季年送了一輛馬車給孟夷光，車壁四周，每面都掛著斗大的字「孟丞相府」。

孟夷光雖然很想要，但總覺得太過羞恥，終是忍痛退回去。

「都怪妳阿娘，那些馬車上的字多明顯，她硬是不許我掛。唉。」孟季年頗為痛心，又扯著嗓子罵道：「徐家算什麼東西，妳祖父可是丞相，丞相！」

孟夷光抿嘴笑，自從老神仙當了丞相，孟季年走路都得挑著大路走。原因無他，小路太窄，他的螃蟹步施展不開。

「徐家女婿是皇上。」裴臨川冷不防又說道。

孟季年臉色一黑，跳轉身，挽著衣袖，罵道：「嘿，哪來的渾小子，看老子今天不好好收拾你！」

默默跟在身後的阿愚、阿壟忽地閃身上前，氣勢凌厲冷然，像是兩尊殺神護住了裴臨川。

孟夷光心一沈，忙拉住孟季年，強笑道：「阿爹，他們將徐家馬車掀開，已經出過氣了。我們快走，阿娘怕是等急了。」

孟季年瞄著阿愚和阿聾，心裡一凜，眼神微瞇，飛快衡量了一下。算了，下次等那渾小子落單時再揍他。

大丈夫能屈能伸，他像是沒事人般又笑咪咪地數落起徐家。

「泥腿子就是泥腿子，斗大的字不識一籮筐，全府上下加起來就只認得一個字，那就是『醜』，男的歪瓜裂棗，女的歪棗裂瓜。這個醜字刻在他們心頭，不認不行。長得跟城門柱子一樣，怪不得皇上要賜那麼大的府邸給徐家，小了，哪裡能安下柱子。」

孟夷光又想笑又無奈，孟季年的嘴比裴臨川的還毒，她勸說道：「阿爹，太子身上可流著一半徐家的血，你可別說得太過。」

「妳當妳老子傻，我又不會當著他們面說。」孟季年嘴角都快撇到地上。「再說了，京城裡誰不知，真是笑死人，徐家不過勒著褲腰帶存下幾畝地，豐年多收了幾斗糧食，賣了幾個大錢，卻充起世家貴人派頭。小妾通房塞滿後院，大柱子生了一堆小柱子。這下可好，小柱子沒人要，四處託人作媒談婚，想將小柱子插遍京城。京城世家箇直人人自危，生怕柱子砸到自己家。」

孟夷光瞄了一眼裴臨川，徐家柱子差點也砸到國師府了。她想起徐三娘的身形，柱子面對裴臨川的冷臉，忍不住哈哈大笑，惹得他忍不住看向她，一眼又一眼，一會兒釋然，一會兒又深思，神色變幻不停。

前面的笑鬧聲不斷，占地寬闊無比的主院裡，疏朗高敞的五間正屋，兩旁沒有廂房顯得更為開闊。庭院裡，除了古樸趣致的亭臺樓閣，還修建了捶丸場地，趙老夫人為首，領著周氏她們正玩得開心。

姊妹嫂嫂們有的在投壺，有的聚在一起喝茶說話，守著還不會走路的幼童。老神仙與周氏的阿爹周伯爺兩人面前擺著圍棋，卻站著手舞足蹈，吵得唾沫橫飛。孟家兄弟圍在一起，孟伯年雙手舉得老高，將骰盅搖得驚天動地，嘴裡大叫著「押大押小，押好離手」。

小童搖搖擺擺在笑，撲到几案上伸手去抓果子點心，奶嬤嬤丫鬟們彎腰護著，生怕他們跌倒傷著。廊下鳥籠裡的鳥兒，也跟著湊熱鬧叫得歡快無比，庭院裡熱鬧不已。

裴臨川一進院門，震驚地瞪大雙眼，眼前的景象，他從未見過。

孟季年領回孟夷光，完成差使後，又抓起放在大門後的鋤頭，扛在肩上去挖自己的泥了。

崔氏見到孟夷光，忙踮起腳尖對她招手。「小九，快過來。」

婦人們也一起看過來，周氏娘家的嫂嫂們未曾見過裴臨川，笑著招呼。「新姑爺也來了，快領過來讓舅母們認識認識。」

裴臨川說不出的驚惶，孟夷光在前，一路笑著跟家人親朋們打招呼行禮，他如墜入雲層裡，深一腳、淺一腳走到捶丸場地邊。

那些神態各異的貴婦人們，眼裡含笑打量著他，他就是面對千軍萬馬，也沒有此時的無助。

「大舅母，二舅母。」孟夷光一一屈膝施禮，笑著跟周家舅母們打招呼，這些人為她添了豐厚的嫁妝，她可記得清清楚楚。

「小九快過來，照著規矩我們可要給你們見禮，這樣不是折煞我們嗎？」大舅母忙扶起孟夷光。

孟夷光笑著道：「大舅母這是什麼話，妳是我的長輩，那裡有長輩給晚輩見禮的規矩？」

二舅母插嘴道：「小九是我們看著長大的，哪是那等得勢就擺架子之人。」她湊到孟夷光耳邊，低聲道：「姑爺長得可真好看，妳阿娘該放心了。」

孟夷光垂首羞澀一笑，崔氏牽著她的手，上下仔細打量著她，見她面色紅潤，比起先前回門時氣色還要好上幾分，終於放心了。

孟夷光抬眼看去，裴臨川束手束腳站在一旁，侷促不安又不知所措，笑著說道：「國師喜歡玩什麼就去玩，這裡都是自家親戚，無須客氣。」

裴臨川如釋重負，僵硬地叉手施禮後，轉身大步走得飛快，走了幾步之後又停下，然後轉身走到孟夷光身邊，木著臉說道：「除了下棋，他們玩的，我都不會。」

他聲音充滿委屈卻極力忍著，孟夷光忍住笑，說道：「那你去與老神仙下棋吧，記得不要贏，要輸。」

「為何？」

「因為他是長輩，你得敬老。」孟夷光看向重新坐下來下棋的兩個老頭，落子間還不忘撇嘴怒瞪，她微笑道：「小十，你領國師過去。」

孟十郎牽著裴臨川的手，蹦蹦跳跳往老神仙處走去。

這時旁邊的花叢裡，一個高瘦的男子鑽了出來。

男子身著素淨的細布衣衫，一手持鐮刀，一手握著幾株黃花地丁，溫潤如暖玉的臉笑意盈盈，溫和地喚她。「九妹妹。」

第十章

孟夷光愣了一下，崔氏笑道：「阿洵回來了。妳二伯母邀了他過來，他呀，還是醉心於醫術，一來就悶頭四下找藥材。」

陸洵是于氏姊姊的兒子，陸家祖上幾代皆為太醫，到了陸洵父親這一輩，因牽扯進前朝後宮陰私獲罪被賜死，如今陸家只剩下他一個男丁，與寡母相依為命。

「洵哥哥。」孟夷光忙迎上去笑著屈膝施禮。

他忙叉手還禮，再走近仔細打量她，微笑著點了點頭。隨後放下背上的竹筐，將手裡的鐮刀與黃花地丁放進去，又拿出布巾擦淨手，伸手抓住她的手腕。

孟夷光嚇了一跳，正要掙脫。

陸洵溫文一笑。「聽說妳大病一場，我替妳把脈，看是否痊癒。」沒一會兒後，陸洵放開手，說道：「身子無礙，只是有些火氣。」他指了指腳邊的竹筐。「這些黃花地丁，妳且拿回去，讓廚娘洗淨了拌著吃，美味又下火。」

孟夷光讓鄭嬤嬤接過來，又頷首道謝，抿嘴笑道：「沒想到你除了治病，還擅庖廚。」

「常年在外遊歷，趕不上打尖住店，露宿荒郊野外之事常有，久而久之就會做一些。」

陸洵轉頭看向裴臨川，恰逢對方也回頭看過來，兩人視線相對，他愣怔片刻，叉手遙遙一禮。

裴臨川面無表情地轉開頭，毫不理會，牽著孟十郎往老神仙處走去。

孟夷光心下尷尬不已，解釋道：「他不喜與人打交道，切莫與他計較，他性情如此，對誰都一樣。」

陸洵笑容不變，溫和地說道：「世外高人總有些不同之處，我自不會放在心上。九妹妹，妳成親時我未能趕回來，對不起。」說完，從荷包裡拿出一張摺起來的紙遞到孟夷光面前。

孟夷光疑惑地接過來，打開一看，上面寫著一些藥名以及劑量。

他解釋道：「妳尚年幼，不宜有孕，按著這個方子去抓藥熬了，兌水泡上半個時辰可以避子，待長大些，停藥小半年即可，亦不會傷身。」

孟夷光不由得臉紅，陸洵倒神情坦然。「妳且去玩吧，那邊還有一些草藥，我去採摘下來，趁著天放晴，正好晾曬。」

鄭嬤嬤拿出黃花地丁，將竹筐還回去，陸洵接過揹到身後，往院牆邊走去，孟夷光也轉身去找崔氏。

不一會兒，聽見後面有大動靜，孟夷光回頭一看，見陸洵揮動著手臂踉踉蹌蹌向前，直到雙手撐住院牆，才堪堪穩住身子沒有跌倒。

阿愚昂首挺胸從他旁邊走過。

孟夷光咬牙，猛地轉頭看向裴臨川，只見他收回目光，正襟危坐，面無表情，落下手裡的棋子。

算了，回去再跟他們算帳！

孟夷光臉上又浮上笑容，去看崔氏她們打捶丸。

午飯時，大家用過一些寒食略微歇息後，周家人回了京城，陸洵去山上採藥，庭院瞬時清靜許多。

老神仙叫來孟夷光與孟季年，在僻靜處的亭子裡坐下來，問道：「來時與徐家人撞上了？」

孟夷光將路上的事說了，老神仙聽後神秘一笑，低聲道：「妳且避開些，徐侯爺如今可是火氣上頭，別被亂火燒著了。」

她略一沈思，問道：「可是因為添給之事？」

老神仙眼睛驀地精光閃動，笑得眼睛瞇成一條縫，撫鬚頻頻點頭道：「小九就是聰明，比妳老子聰明。」

孟季年嘴角下撇，很不服氣。

老神仙橫了他一眼，訓斥道：「怎麼，你還別不樂意，瞧你最近做的那些丟人現眼的事，我都懶得說。」

「我哪裡丟人現眼了？你好不容易當了官，還不許我開心炫耀一場？」

老神仙揚起手敲向他的頭，他像是孟十郎般靈活一閃躲開，還不忘得意地偷笑。

「老子不跟你計較，你心裡自己掂量掂量，做之前過一遍律法。」老神仙白了他一眼，不再理會他，對孟夷光悄聲道：「妳阿娘不是給了妳陪嫁鋪子嗎？趁著還早，多存一些炭，到了冬日發放炭敬時，把妳的鋪子添到採買名冊裡。」

孟夷光一愣，這改制才沒幾日工夫，又要改回去了？

「外戚勢力不能大，徐家那樣的草包正好。再說發放銀子還是添給，戶部支出皆一樣，皇上只會順水推舟。」

老神仙搖搖頭，蹺著二郎腿，笑得歡快無比。「有些人就是太心急，一心要做純臣，這名垂青史哪有那麼容易。」

相堂現今共有三個丞相，王相先前是皇帝的謀士親隨；蘇相是前朝的丞相，建立新朝之後又做回老本行。

只是有許多清流文人，明裡暗裡寫文罵蘇相，什麼一家女許兩家男，立了貞節牌坊的烈女有了身孕等等。

因有蘇相在前，老神仙出仕時罵聲少了些。這也與孟季年有關，他狐朋狗友遍天下，消息又靈通，得知是誰寫了酸文後，招呼上那些朋友，偷偷往人家院子裡潑糞，在大門上潑狗血，手段花樣百出。

那些文人們動筆桿子還行，真遇到這樣的潑皮行徑，他們也只能乾瞪眼，最後只得忍氣吞聲，沒人再敢罵老神仙。

孟夷光有些遲疑地道：「老神仙，這炭敬只怕獲利頗豐，要是由我的鋪子供出，大伯、二伯他們，會不會有想法？」

「誰不想賺銀子，可也要有那個本事，我自會跟他們說清楚。妳嫁給那麼大一尊神，連皇上都要哄著他、看他臉色。給妳，誰敢有異議？」老神仙嘿嘿一笑，湊近了說道：「要是有誰敢在背後嚼舌根，妳放國師出來說話，氣死他們作數。」

孟夷光想到那尊大神的一張嘴，全京城怕是沒人能受得住，卻又拿他無可奈何。她也笑了起來，大方地說道：「炭敬賺得銀子後，我給大伯、二伯他們兩房多孝敬一些，銀子重要，家人和睦也重要。」

老神仙心下甚慰，讚賞不已地點頭。「好，小九心胸氣度寬廣，哈哈，像我像我！」

「也給妳老子多孝敬一些。」孟季年不滿地斜睨了她一眼。「記得別告訴妳阿娘。」

孟夷光淡笑不語，裝作沒有聽到。

與老神仙說過話之後，與崔氏她們又坐著喝了幾盞茶，所有人才打道回府。

浩浩蕩蕩的馬車一路走走停停，當孟夷光等人回到國師府已筋疲力竭，時辰已晚，用了些點心之後便洗漱歇息。

第十一章

翌日清晨用早飯之時，孟夷光見有新鮮翠綠的涼拌馬蘭頭，想起昨日陸洵送的黃花地丁，便隨口問了一句。

鄭嬤嬤提起這個就疑惑不解，皺眉說道：「我回到府裡之後，就將黃花地丁送到廚房，叮囑廚娘早上煮來配粥吃。誰知早上廚娘起來一看，那筐黃花地丁居然不見蹤影，怎麼都沒找著，現在還一頭霧水。要是府裡進了賊人，怎地貴重之物不偷，偏生去偷不值錢的幾根野菜？」

孟夷光一頓，霎時明白誰在其中搗鬼。

裴臨川這個混帳，昨天的事還沒來得及跟他算，今天他又撞了上來！

她重重放下筷子，起身站起來往外走。「嬤嬤且隨我去，我帶妳去抓那偷菜賊！」

鄭嬤嬤從未見孟夷光如此生氣，腳步生風走得飛快，往裴臨川住的院子方向走去，腦子一想便明白前因後果。她生怕兩人吵起來，照國師那張不饒人的嘴，恐又會招來一肚子氣，出言勸道：「九娘，妳消消氣，國師他說話做事從不拐彎，想到什麼就是什麼，就別與他計較了。」

「別人也就算了，得罪了外人不算，還得罪自家人，陸洵招他惹他了？」孟夷光越說越氣，裴臨川得罪了人，自己跟沒事人一般，可現在她嫁給他了，那些帳只會算到她頭上來。

「再說了，人吃五穀雜糧，難保沒個生病的時候，得罪誰也不能得罪大夫！他那德行，我以後哪來的臉再見陸洵？」

孟夷光腳步慢下來，國師府裡的花草樹木經過修剪栽種，目光所及之處，已經花團錦簇、鬱鬱蔥蔥。

可這些，都是白花花的銀子如水般流出去換來的，她只要一想到就心痛。

「陸洵的阿娘身子不好，他這次回京後，怕是不會再出去遊歷。生藥鋪子裡一直缺坐堂大夫，賣藥得來的利終是有數，我想請他在藥鋪裡坐堂看診，診費全部歸他，開出方子得來的淨利也分他三成。」

鄭嬤嬤長長舒了一口氣，原來孟夷光打的是這般主意，先前還疑心她是不是看上陸洵，一顆心平白無故提了半天，於是也不再勸。孟夷光自大病之後，人就越發有分寸知進退，不知比以前聰明多少。連老神仙那樣的老狐狸，也常常將她叫去跟前說話，這在孫輩中可是獨一份。

兩人到裴臨川的天機院門前，見阿蠻蹲在院門邊，一手捧著斗大的碗呼嚕嚕喝粥，一手捏著蝦仁香菇蒸餃往嘴裡送。旁邊擺著的食盒裡，已摞著幾個空碗碟。阿龞見到她後，一下子站起來，一溜煙繞過影壁不見了。

這三個傻蛋，一個比一個能吃，孟夷光只覺得心裡的火氣又一點一點升了起來。她冷著臉走進去，阿愚也似阿龞一般，蹲在一旁用早飯。

庭院中，裴臨川身著小一號的勁裝短打，白臉漲得通紅，滿頭大汗在蹲馬步。

這又是鬧哪一齣？

阿愚吞下口中的饅頭，走過來指著角落裡燃著的香說道：「還有小半炷香的工夫，夫人妳且等等。」

孟夷光雙眼微瞇，繞著裴臨川轉了一圈，他左右晃了晃，腿不停顫抖，想是已經堅持不住了。

不過瞬息間，裴臨川雙腿一軟往前撲去，阿愚像離弦之箭衝上來，粥碗饅頭仍舊牢牢抓在手裡，用背頂住他。

裴臨川藉阿愚的背撐著，喘息了一會兒才慢慢站直身子，卻將頭扭向一旁，不去看她。

他還有臉先給她臉色看！

孟夷光想到他那狗脾氣，強壓下怒火，好言好語跟他細細解釋。

「陸洵是二伯母的外甥，是極親近的親戚，你對他的見禮不能視而不見，得客氣些。他沒惹到你，你指使阿愚去算計他，害他跌跤做什麼？他醫術高明，診脈過後見我有些上火，將自己挖的黃花地丁送給我吃，正好春日野菜新鮮，又對症。你把黃花地丁從廚房拿走了，嚇得廚娘以為遭了賊。」

裴臨川回過頭，板著一張臉，昂首看著天空，仍然不看她，冷冷地說道：「我很生氣。」

「你生哪門子氣？他哪裡惹到你了？」

「幼時先生教我，要是有野狗前來搶食，就將野狗打回去。」裴臨川終於肯低下頭，瞄了她一眼又飛快移開目光。

「他想跟我搶雪團子，我就打他。」

孟夷光臉更黑了，她是他與野狗嘴裡搶奪的食嗎？什麼叫他的雪團子？

「我的功夫不好，先讓阿愚替我去打，等我練好了功夫，我會親手打他。」裴臨川抬了抬手腳。「這是阿愚的衣衫，他矮我高，短了，需要做新衫。」

「裴臨川！」聽他擬定了計劃，接下來有後續動作不說，還厚著臉皮提要求，孟夷光氣得七竅生煙，怒喝道：「他是自家親戚，是大夫，不是與你搶食的野狗！」

「我與野狗搶過食，能分辨出他是野狗。」裴臨川氣鼓鼓的，突然抓起她的手臂，手指按在她的脈搏上。

孟夷光怒瞪著他用力抽手，想不到他看起來羸弱，力氣卻不小，她用盡全力都沒有掙脫。

「我也會號脈。」裴臨川放開她，又將她全身上下打量一番，嘴角下撇。「妳白白胖胖，中氣十足，用眼看已足矣。」

白白胖胖？她只是嬰兒肥未退，真是狗嘴裡吐不出象牙！

血氣一下湧上孟夷光的腦門，她怒極抬起腳踢過去。

裴臨川往旁邊一閃躲開了，他緊緊抿著嘴唇，雙目亦閃動著火光，死死盯著她。

「我還未用飯，肚子餓會更生氣。」

孟夷光拔高聲音，怒道：「你還想用飯，從現在起，廚房的飯食沒你的分！」

裴臨川冷哼一聲，扭過頭氣沖沖回了屋子。

阿愚捧著空碗，眨巴著小眼睛問道：「我的那一份呢？」

「你也給我餓著！」孟夷光瞪著他，兩個狗腿子吃得比誰都多，吃飽了盡幫著做壞事。「阿壟也一樣！」

阿愚的臉垮了下來，如喪考妣。孟夷光斜看了一眼蹲在角落、耷拉著腦袋的阿壟，怒氣沖沖地離開院子。

鄭嬤嬤愁腸百結，國師性子執拗，孟夷光雖說性情溫和，可她一旦認定的事，九頭牛都拉不回來。

兩人這一鬧，只怕誰都不會先服軟，唉！

第十二章

幾天下來，孟夷光與裴臨川兩人互不理睬，無人肯先低頭。

裴臨川也很硬氣，沒有讓阿愚再去廚房提吃食，他依舊穿著不合身的短打，每日雷打不動地蹲馬步。他人極聰明，悟性又佳，現在已經能蹲上一炷香的工夫不摔倒，更習起拳腳功夫。

孟夷光心裡的火氣更盛，三餐都吃黃花地丁，唇角還是冒了個大大的疱，又痛又難看。鄭嬤嬤忙不迭去抓了敗火藥來，讓她連服了幾帖下去，才微微好轉一些。

這天孟夷光用過早飯，又喝了一大碗黑黑的藥下肚，肚子發脹，嘴裡發苦，小臉難受得皺成一團。

鄭嬤嬤忙將蜜餞遞到她面前，她抓了幾顆放進嘴裡，酸甜味蔓延，總算將苦藥味壓了下去。

鄭嬤嬤看在眼裡急在心裡，更將裴臨川罵上許多遍。自家娘子肯定不會有錯，孟家女兒嫁給他，那是他祖墳葬得好。

當阿愚來找孟夷光時，鄭嬤嬤與春鵑、夏荷三人立在她身後，怒目圓睜瞪著他，彷佛要在他身上扎出幾個窟窿來。

可憐人高馬大的阿愚，縮著脖子不敢抬頭直視。

孟夷光倒是和顏悅色，問道：「阿愚，你有何事？」

阿愚撓了撓腦袋，鼻子抽了抽，憨憨的臉上綻開討好的笑。「夫人，我與阿壟可否先預支幾月月例？」

孟夷光抬了抬眉毛，撿起一塊蜜餞慢慢吃著，淡笑不語。

阿愚掀起眼皮飛快瞄了她一眼，又垂下頭說道：「買吃食沒了銀子，一個大錢都沒了。」

孟夷光心裡霎時樂開了花，面上卻不動聲色問道：「都買什麼金貴吃食了，要花那麼多銀子？」

「先前去分茶鋪子買回的吃食，國師吃不下，我與阿壟也覺得難吃。連換了好幾家，最後去會仙樓買，才勉強能入口。」阿愚的臉色垮下來，慘兮兮地說道：「會仙樓的一道菜差不多要上一兩銀子，我與阿壟積攢下來的月例都花光了。」

孟夷光低頭悶笑，心裡的鬱悶一掃而空，大方至極地說道：「好呀，你要預支幾個月？鄭嬤嬤去取銀子來，讓阿愚簽字畫押。」

阿愚先是高興，隨即愣了愣，總覺得有哪裡不對。他想不明白，乾脆不去想了，隨口道：「就半年吧。」

鄭嬤嬤冷哼一聲，拿了銀子和紙筆過來，看著他簽字畫押後，將銀子交給他。

阿愚手裡捧著銀子，小眼睛裡迷茫又起。他轉身走了幾步又回過頭來，滿含祈求。

「夫人，國師認定的事，從來不會更改，妳可否去向他低頭認個錯？國師本來就沒有錯，國師怎麼會有錯？」

不待孟夷光開口，鄭嬤嬤與春鵑、夏荷齊齊怒吼。「滾！」

阿愚腳下不穩，往屋外一溜煙跑了。

鄭嬤嬤她們正要勸，孟夷光卻心情大好，閒閒地笑道：「我倒要瞧瞧，他那些銀子拿去會仙樓能花幾天，離發放俸祿的日子可還要大半個月呢。」

果不其然，沒兩天之後，阿愚又來了。

這次孟夷光卻沒像上次那般，二話不說就預支銀子給他。

「阿愚，你們這銀子要預支到何年馬月去啊？照著這般，只怕你們這一輩子的月例，很快就預支得一乾二淨。」

阿愚沮喪至極，可憐兮兮地說道：「一個大錢都沒啦，沒銀子去買晚飯了。」

孟夷光神情愉快，卻很同情地道：「哎喲，好可憐呢。唉，我這個人心善，見不得人受苦。這樣吧，你與阿壟去廚房用飯。鄭嬤嬤，妳去廚房裡傳個話，就說阿愚、阿壟在灶間用飯，讓她們多備兩人的飯菜。」

阿愚的小眼睛瞬間散發出光彩，他叉手深深施禮謝過孟夷光，腳步輕快地轉身出屋，到了門外才回過神。

他與阿聾吃飯有了著落，那國師呢？

阿愚垮下肩膀，又垂頭喪氣走進屋，低聲下氣地道：「夫人，煩請妳去跟國師賠個不是吧……」

話還未說完，夏荷手裡拿著雞毛撣子，衝過來抬手就打，阿愚雙手護著頭，腳底生煙溜得飛快。

晚飯後不久，裴臨川板著臉來到蘅蕪院。

孟夷光在庭院裡散步消食，手裡拿著剪刀，在開滿整面影壁的薔薇花牆前，挑那開得好的花，剪下來去插瓶。

見他來，她也只是淡淡斜睨了一眼，又認真地去剪花。

裴臨川見她專心致志挑著花，手伸過去正要剪，出聲道：「難看。」

孟夷光冷哼，「喀嚓」一聲剪下那朵花，將花遞到鄭嬤嬤手裡，說道：「花夠了，我們回去吧。」

裴臨川認真凝視花牆一會兒，長臂一伸，折下一朵盛放的薔薇，遞到她面前。「這朵才好。」

孟夷光閃身避開，腳步不停，揚長而去。

裴臨川追了上來，擋住她又將花硬塞在她鼻下，嚇得她身子直往後仰。他聲音中帶著一絲笑意，說道：「這朵好，最香，不信妳聞聞。」

孟夷光生氣地撥開花，白了他一眼。

他沒用飯是不是腦子餓壞了？

裴臨川將花扔在鄭嬤嬤懷裡，白皙修長的手伸在她面前，振振有詞道：「我替妳摘了花，妳得付我銀子。」

孟夷光瞪大了眼睛，難以置信地看著他。鄭嬤嬤偏開頭，憋著笑離得遠了些。

「不付銀子，換成飯食亦可。」

孟夷光看著他一臉的理所當然，抬手用力拍向那隻恬不知恥伸過來的手掌。

裴臨川收回手，摩挲著指尖，眉心皺成一團，抬眼看向孟夷光，眉目又舒展開來，神情中有著隱隱的得意。「妳的手會疼，我不會，我已經學會了兩套拳。」

孟夷光無語凝噎，低頭繞過他，轉身往屋裡走去。

第十三章

裴臨川愣怔片刻，邁開腿緊追不捨，白皙的臉龐又漲紅，悶聲道：「我很生氣。」

孟夷光充耳不聞，掀簾進了屋。

「我很生氣。」門簾差點砸到裴臨川的臉上，他靈活後退躲開，也掀簾跟進來，大步繞到她面前，微微彎腰看著她，再次強調。「我很生氣。」

「你哪裡來的臉生氣？」孟夷光快被念叨煩死，拔高聲音朝他吼道。

「吃不飽，我就會生氣。」裴臨川直起身，下巴斜向她，一副睥睨天下的神情。

「我在練習拳腳功夫，餓得快。」

「你還敢提練習拳腳，還不死心想要再去揍陸洵一頓嗎？」因為他太高，孟夷光被他俯視很不甘心，踮起腳尖想與他平視，卻仍然差了那麼一截，她更生氣了。

就知道吃吃吃，吃飽了光長身子不長腦子。

「跟我搶的，我都會揍。」裴臨川眼裡溢出笑意，伸手搭在她的頭頂，微微用力一按，將她按得雙腳落地，還揉了揉她的髮髻，嘴角上揚，聲音中透著輕快。「小矮子。」

「混蛋！」孟夷光抓狂了，撲上去不顧一切使勁將他往門外推。

裴臨川扎著手，眉心都快擰成一條線，想要制住她又下不了手，糾結萬分。他見鄭嬤嬤跑進來，眼睛一亮，委屈地道：「她打我，妳快將她拉開。」

鄭嬤嬤使勁板著臉，不讓自己笑出聲來，她上前拉著孟夷光，低聲勸道：「九娘，唉，妳可別氣著自己，國師他……」

接下來的話當著他的面，再也說不出口，攤上這麼一個世外高人，能怎麼辦呢？

孟夷光被鄭嬤嬤半擁著，將她與裴臨川隔開，氣得直喘粗氣，眸裡怒火四濺，她咬牙切齒地道：「想吃飯，沒門兒，餓死你作數。」

裴臨川的臉一下黑了，緊緊抿著嘴，大概又生氣了，神色變幻不停，半晌後方道：「妳為什麼生氣？」

孟夷光的滔天怒火霎時一下被戳破了，無力地跌坐在軟榻上。

是啊，為什麼要跟一個傻子置氣呢？自己被氣得半死，他根本不知你究竟在氣什麼。

「算了，算了，我不氣不氣。」孟夷光扶額，有氣無力地吩咐鄭嬤嬤。「去拿些點心給他，先讓他墊墊肚子。廚房裡有現成的雞湯，就做一碗雞湯麵，再揀一些小菜，把他餵飽好堵住他的嘴。」

「就送到這裡，肚子餓腿軟，走不動路。」裴臨川聲音輕快，臉上的烏雲散去，笑容徐徐綻放，昳麗的容顏如那面盛放的薔薇花牆，美得令人不敢直視。

孟夷光看呆了。

這樣美的一張臉，被氣一下算是值得吧？

「不要蔥，不要薑，雞湯上的油不要。」裴臨川飛快吩咐鄭嬤嬤。

孟夷光的臉又拉下來，他要是敢說不要麵，就算他是潘安再世，她也會打他的頭。

「點心要酥黃獨。」所幸裴臨川只提了一個要求，就閉上嘴。在她對面的圈椅坐下，背挺得筆直，雙手搭在膝蓋上，面無表情且認真等著點心、晚飯。

鄭嬤嬤垂頭忍笑掀簾出去，很快拿了幾碟點心進來擺到几案上。

裴臨川起身舉起雙手，靜靜等了一會兒，見沒人動，又轉身看向孟夷光。「要先淨手。」

孟夷光回過神，別開臉，看著笑不可遏的鄭嬤嬤。「嬤嬤，去打水來。」

鄭嬤嬤出去提熱水進來，這次她將香胰子、布巾，甚至連香脂都一起拿過來，體貼地上前去伺候裴臨川，正要幫著他挽袖子，卻被他閃身躲開。「不用，我自己會做。」

孟夷光挑眉，看著他捏起香胰子聞了聞後放回原處，用清水淨了手，拿布巾拭乾後，又拿起香脂聞了聞，眉頭皺起，嫌棄地扔了回去。

「香氣太濃，俗不可耐。」

孟夷光微笑，心裡默唸起清心咒。

裴臨川經過一番折騰，總算在案桌前坐下，吃起酥黃獨，他吃得飛快，吃相卻斯文，悄無聲息中，一碟點心很快見了底。

鄭嬤嬤將蜜漬梅花遞給他，他抿了一口，眼睛一亮，一口氣喝完整杯，眼巴巴看過去。「還要。」

鄭嬤嬤知曉他定是餓壞了，怕他晚上吃多了積食，勸說道：「國師，雞湯麵很快就好，留著肚子吃麵吧。」

裴臨川斂眉想了想，看向孟夷光說道：「那妳給我一罐。」

不但吃，還要拿。

孟夷光面無表情吩咐鄭嬤嬤。「去拿兩罐給他。」

「不白拿。我會合香，比妳的香好。」裴臨川起身走過來，突然俯下身將頭湊在她面前，得意地道：「妳聞聞。」

若有若無、清冽的香氣縈繞在鼻尖，孟夷光被唬得心跳加快，上身跌向榻背，清心咒失效。

她一巴掌糊上他白皙的側臉，推開那顆湊過來的頭，怒道：「滾去吃你的麵！」

第十四章

孟夷光與裴臨川的首次吵架，以她被煩死，恢復他的膳食而告終。

國師大人也沒打誑語，第二天親自送來幾盒他合的香，在他期待的目光下，當場放進香爐裡點了。

古樸趣致的圓肚銅爐裡，香煙裊裊升起，屋子裡瀰漫著淡淡清甜的典雅香味。

孟夷光看了他一眼，沒想到他雖然能吃能氣人，還真是沒吹牛，勉強誇了他一句。

「嗯，很好聞。」

裴臨川嘴角上翹，得意地道：「這是特意為妳合的。」

孟夷光高興起來，他還挺有心。

「這個香爐，我很喜歡。」

孟夷光的臉黑了，這人怎這麼不經誇呢？

裴臨川沈吟一會兒，如水般清澈的眼眸，眼巴巴看著她。「我沒有銀子買，用方子跟妳換，十個方子。」

孟夷光坐直身子，心想，這個世間方子珍貴，世家得了一方都極難得，甚至珍藏起來傳家，他竟一口氣就拿了十個方子出來！

她按捺住心中的喜悅，不動聲色問道：「你還有多少方子呀？」又吩咐鄭嬤嬤。

「廚娘新做了櫻桃煎，拿些來給國師嚐嚐。」

裴臨川聽到有新鮮吃食，眼睛裡閃動的光令孟夷光眼疼，真是個為了一口吃食賣祖產的敗家子。

「很多，香料種類繁多，可以合成不同的香。」他見孟夷光仍舊一瞬不瞬地盯著自己，耐心解釋道：「只要聰明，就能合出來。」

老天有時也是公平的，給了他好看的臉，只給了他一半的聰慧，另外一半留在手裡。

孟夷光溫和至極。「香爐給你，你還需要什麼呀？你的方子可別拿出去跟人換了。」

「只與妳換。」裴臨川認真思索片刻，一口氣說道：「要新做短打衣衫，要與妳院子裡一模一樣的薔薇花牆，還要筆墨紙硯。」

孟夷光樂了，大方道：「好，都給你。薔薇花牆後面是紫藤牆，也給你種上。」

這麼多方子，可以讓他製香，拿出去在鋪子裡賣，也能賺上一些銀子。

鄭嬤嬤拿了櫻桃煎進來，又煮上今年新得的雲霧茶。

孟夷光見他吃得眉目舒展，很是愜意，乘機說道：「你再多合一些香，需要的香料，我替你買來。」

裴臨川接過鄭嬤嬤遞來的布巾擦拭過手，頭都不抬地說道：「不要，累。」

孟夷光瞪圓了眼睛，他卻不為所動，仍然堅持道：「這些已足矣。」清澈的目光看著她，神情淡漠。「耗費心血，只給妳用。」

自己的陪嫁人中沒有能做這些手藝的，眼見到手的銀子飛了，孟夷光氣結心痛，卻毫無辦法，只得暫時作罷。

天氣轉熱，早晚還有些涼意，到了午間就熱得有些受不住。

這天早上，孟夷光早早起床，來到二門邊準備出門，見到裴臨川與阿壟、阿愚也在，他仍舊穿著青色深衣寬袍，傻呆二人組手上還抱著蓑衣、斗笠。

這些時日都沒有見裴臨川出過門，他這麼早，幾人這一身裝扮又去哪裡？

她好奇地正要問，裴臨川卻先道：「妳去何處？」

「阿娘有事尋我，我回去看看。你這是去何處？」

「進宮。」裴臨川說完，又從阿愚手裡拿過蓑衣、斗笠遞給她。「帶上，午後要下雨。」

孟夷光抬頭看了看，太陽已探出頭，日頭正好，哪裡是會下雨的樣子？

她微笑道：「阿娘那邊有雨傘、油衣，不用。」

裴臨川垂眸似在思考，片刻之後，將斗笠、蓑衣交給阿愚，沒有再堅持，轉身上了馬車。

孟夷光總算呼出一口氣，跟鄭嬤嬤上了馬車回了孟府。

由於老神仙上朝不在家，她先去趙老夫人院子請安，陪她說了一會兒話才回崔氏院子。

孟十郎去了學堂，孟季年也不在，只有崔氏等在院門口。

崔氏見孟夷光出現，忙快步上前攜著她的手仔細打量，半晌後，方滿意地說道：「瘦了些，氣色倒好。」

孟夷光摸了摸臉頰，開心不已，總算不是白白胖胖的雪團子了。

她摟著崔氏的手臂往屋裡走，笑道：「少吃多動，好不容易才清減下來。」

崔氏又忙道：「可別顧著瘦而傷了身子。」

丫鬟打開門簾，兩人進屋去，在軟榻坐下來。待貼身嬤嬤上了茶水點心，崔氏揮揮手讓她們都退下去。

「妳外祖父寫了信來，說要再添兩艘海船，問我要不要入股，我算了下手上的銀子，入幾股還是拿得出來。倒是妳，就守著那些鋪子、田莊，也沒多少利息，府裡的人情往來，這些都是大筆開銷，國師又……可得苦了妳。」

京城的馬行街上，賣海外奇珍的鋪子，簡直日進斗金。

孟夷光正愁沒有賺銀子的門路，聽了崔氏的話後大喜，雖說海船風險極大，遇到風浪或者海賊，說不定會血本無歸。可要是一本萬利，人人都去跑海，哪還有那麼高的利。

外祖父崔正安手裡究竟有幾艘海船，連對崔氏都不肯透露。在她成親時，嫁妝中最為值錢的鋪子、田莊、首飾，都是外祖父給的添妝。

問了一股所需的銀子，孟夷光仔細盤算一下，拿出這些銀子後，帳上可沒幾個大錢，得從別處尋些銀子來維持家用。

她又想到陸洵，他醫術高超，在京城裡聲名鵲起，只偶爾去一些相熟的人家看診。如果把他請到鋪子裡來坐診，再多分他一些利，對生藥鋪子也是一大筆進帳。

孟夷光當機立斷道：「阿娘，我入一股，只是要讓外祖父費心了。」

崔氏嗔怪道：「妳外祖父在信中還特意提了妳，說是讓我問妳，要是妳拿不出銀子來，他先替妳墊著。」

孟夷光笑得眉眼彎彎，與崔氏又聊了幾句家常，兩人吃過午飯，在院子裡歇息了一會兒後，屋外天空烏雲滾滾，零星的雨滴飄落，漸漸越下越大，青石地面上很快積了一層水。

裴臨川還真是厲害，真在午後下起了大雨。

正想起他，就看見丫鬟前來稟告，國師來了，說是來送蓑衣、斗笠給她。

第十五章

孟夷光趕到前廳，見裴臨川衣衫下襬濡濕，貼在腿上，小廝手上捧著新衫，躬身說著什麼。

裴臨川負手面無表情、沈默不語，聽到腳步聲抬起頭，見到她時眼睛一亮。「我不穿別人的衣衫，新衫也不要穿。」他像是見到救星，急忙向她求救。

挑剔，壞毛病還真是多。

孟夷光無奈地揮手讓小廝退下，疑惑地看著他問道：「你來有何事？」

裴臨川嘴角上翹，臉上閃過得意，指著廊簷下不斷滴落的雨。「下雨了。」

孟夷光愣了愣，有些不敢相信。

他這是特意來向她炫耀的嗎？

「我說午後下雨，午後就會下雨。」裴臨川又重複強調一次，他側著頭，見孟夷光並沒有誇讚他的意思，又拉下臉，有些不高興，冷聲道：「回去吧，我餓了。」

孟夷光看了看屋角的滴漏，未時已過半，訝異地問道：「你沒在宮裡用飯？」

「難吃，皇上話太多。」裴臨川有些不耐煩，負手往外走，走了幾步見她沒有跟上來，回頭催促道：「快些，我有斗笠、蓑衣。」

孟夷光瞄了一眼他濕透的衣衫下襬，暗自嘆了口氣，真是拿這個活祖宗沒辦法。

她溫言道：「你且等一等，我去跟阿娘打聲招呼。嬤嬤，妳去拿些點心，先讓他墊墊肚子。」

裴臨川垂眸沈思，同意她的話，又轉身走回軟榻坐下，等著點心。

孟夷光正要出門，崔氏得到消息匆匆趕過來，臉上是藏不住的喜意，愛憐地打量著裴臨川，他僵了片刻，站起來叉手施禮。

崔氏喜得連聲道：「無須多禮，快坐快坐。哎呀，小九真是的，沒見國師衣衫濕了嗎？快去拿妳阿爹的乾淨衣衫、鞋襪來，濕衣穿在身上可得生病。」

孟夷光不用猜也知道崔氏的想法，只怕她誤會了，以為她與裴臨川夫妻感情和睦，下雨天他還親自來接她。

她不想解釋，以免傷了崔氏的心，便笑道：「阿爹比他矮一些，他的衣衫穿不下，我們正要回去，就不用麻煩了。」

裴臨川嘴唇嚅動，孟夷光狠狠瞪了他一眼。

鄭嬤嬤拿了點心進來，孟夷光忙推著他道：「你不是餓了嗎？快去淨手吃點心。」

崔氏笑咪咪地瞧著，見裴臨川乖乖去淨手坐下來吃點心，心裡的一顆石頭落了地，小夫妻總算有了點夫妻樣。

這時嬤嬤領著陸洵走進來，他見孟夷光也在，對她溫文一笑，叉手施禮，說道：「我做了些養身的藥丸給姨母，順道也送些過來。」

崔氏忙笑著招呼道：「阿洵有心了，快過來坐。」她又轉身吩咐嬤嬤。「去沏那罐昨日收下來的新茶，我記得阿洵最喜歡喝茶莊裡那棵山茶樹下產的茶，說是能喝出一股花香味，我還留了些，妳一併包來，給阿洵帶回去。」

陸洵笑著施禮謝過，這時才見到在案桌邊坐著吃點心的裴臨川，他愣了下，叉手向他施禮後，向圈椅走去。突地，他只覺得一股疾風捲來，愣住還沒有回過神，便見孟夷光從身邊閃過，朝那團風撲去。

裴臨川渾身僵硬，低頭瞧著懷裡香香軟軟的雪團子，眼神迷茫不知所措。

孟夷光眼角跳了跳，深深呼出了口氣。她剛就覺得哪裡不對勁，餘光瞄到裴臨川像是正在進食被踩到尾巴的獵犬，齜牙咧嘴朝陸洵襲來，這才猛地回過神。

這個活祖宗可是練了許久的拳腳，心心念念要親手揍人，這時聽崔氏還要送陸洵茶葉，可不是又惹到他了。

這個護食的狗脾氣……

孟夷光頭疼不已，她手從他腰上拿下來，又緊緊抓住他的手，生怕他再打人。

她神情訕訕，對崔氏道：「阿娘，我們先回府去。洵哥哥你且坐下喝茶。」

崔氏不知內情，只見兩人感情越發好，自是喜聞樂見，笑著對她擺擺手道：「去吧、去吧，路上且小心些。」

陸洵瞧著緊緊貼在一起的兩人愣了片刻，看了裴臨川一眼後，才溫和一笑，坐了下來。

孟夷光察覺到裴臨川身體又霎時繃緊，她用力握了握他的手，將他往屋外拖。

走了好一陣子，遠遠離開前廳後，孟夷光才放開裴臨川的手，瞪著他，生氣地道：「我不是跟你講過，陸洵是親戚，你不得動手打他。」

裴臨川垂眸仔細瞧著自己的手，半晌後，方抬頭回道：「妳不在時我再打。」

孟夷光差點被噎死，轉身怒氣沖沖往外走，突然眼前一黑，一頂斗笠扣在她頭上。

「下雨，妳沒有帶傘。」

孟夷光將斗笠往上掀了掀，露出眼睛，憤怒地轉身，見裴臨川與她一樣，頭上也戴了頂斗笠。

阿愚遞上蓑衣，裴臨川接過後作勢要往她身上披，孟夷光提起裙子跑了。

呸，誰要跟他一般傻！

裴臨川雙手落空，呆立在那兒一臉無辜。

鄭嬤嬤憋著笑，飛快地道：「國師，九娘是小娘子，穿戴這個不好看。」

裴臨川愣了愣，大步追上前攔住孟夷光，長臂一伸，整了整她頭上的斗笠，湊上前彎下腰，得意地晃動著腦袋，眼裡溢滿笑意。「妳瞧我，是不是很好看？」

孟夷光手發癢，很想再一巴掌糊到他臉上。

「妳雖比我差上許多，也勉強算好看。」

孟夷光再也忍不住，一掌推開他，大喝道：「滾！」

第十六章

孟夷光手撐著頭，不錯眼地看著帳冊，恨不得將那些數額盯出個花來，卻仍然一個大錢都沒有增加。

自從拿銀子去外祖父那邊入股海船，帳上就沒剩多少銀子。

老神仙先前提及的炭敬採買，果真戶部發放俸祿又改成銀子加添給。炭敬採買的事也要先準備，趁早存一些炭。

太后的壽辰、周家嫁女、孟家二伯母的生辰、舅家表妹出嫁等等，天氣轉涼後，又有無數的飲酒宴請……

想到這些人情往來，需要花費的銀子，孟夷光就很想大哭一場，她想要的佛系生活，根本是癡人說夢。

「九娘，國師又來院子門口了。」鄭嬤嬤掀簾走進來，憂心忡忡道。

天氣越發炎熱，難為他還不辭辛苦，天天在外面徘徊。

孟夷光合上帳冊，屋外的蟬鳴吵得人腦門疼，聽到裴臨川更讓人頭疼欲裂，她煩躁地說道：「隨他發瘋去，只要不來我面前煩我，我就阿彌陀佛。」

鄭嬤嬤知曉她在為銀子的事發愁，偌大的國師府，白花花的銀子如流水般花出去。尤其是今年天熱，府裡雖綠樹成蔭，屋裡的冰卻十二個時辰都斷不得，否則人就是在屋裡不動，也會熱得透不過氣。

「嬤嬤，我寫個帖子，妳去交給七哥。」

節流不如開源，孟夷光又想到生藥鋪子的事，陸洵因父親之事始終未進太醫院，她早就想請他來生藥鋪子坐診，因裴臨川在那裡擾亂，一直拖到現在。

孟夷光寫好帖子，讓鄭嬤嬤送去孟府。

翌日早飯後，孟七郎就親自來了。

孟夷光與他一母所出，四個親兄妹中，孟六娘與孟十郎性情活潑，她與孟七郎則相反。

孟七郎看上去憨厚老實，心裡卻活泛至極，滿是歪腦筋，眼珠子一轉就是一個鬼主意，在禁軍班值當差不久，就已經升一級。

「七哥。」孟夷光喚了他一聲，眼睛掃過几案上擺著的一個大包裹，又不動聲色地移開目光。

孟七郎正老老實實坐在圈椅裡吃著冰雪涼水，悶頭將碗裡剩下的小半碗一口氣喝光，抬頭對她憨憨一笑。「小九快過來坐。」

孟夷光走到他旁邊坐下，笑問道：「今日不當差嗎？」

「接到妳的消息，怕妳著急，就跟同僚換了班。」孟七郎神情遲疑起來，湊上前小聲問道：「小九，妳跟七哥說清楚，妳是不是……」他轉頭四下張望，見屋外的丫鬟離得遠遠的，鄭嬤嬤在門口守著，才飛快說道：「想要置情夫啊？」

孟夷光差點被嗆死，一口茶噴得老遠，咳得驚天動地，她用帕子捂住嘴，好半晌才指著孟七郎。「七哥，你……」

「我有好些同僚，是習武之人，身子骨奇佳又英武不凡，憑著妳的長相，一個大錢都不需花。」孟七郎眨了眨眼睛，慢吞吞地說道：「國師那樣的，配不上妳，阿洵雖說與我要好，他也配不上妳。妳無法和離，可一輩子總得有個哄著妳開心的人。一個不行再換一個，老神仙都是丞相了。」

孟夷光趴在几案上，笑得眼淚四濺。

哎喲，老神仙是丞相，所以她這個丞相孫女，當然要囂張一些。京城裡多的是世家貴婦人養小倌，可她這麼年輕，真的不需要啊！

「七哥，我沒有要置情夫。」孟夷光笑完，認真地解釋道：「我只想請陸洵在生藥鋪子坐診。」

孟七郎聽她說完自己的打算，撓撓頭憨厚一笑。「原來是這樣。不過小九，妳照著原來的打算，給他三成淨利，剩下的一成給我，就算我入了股。要是外人得知，也是我們兄妹合夥，倒不會被人亂嚼舌根。」

孟夷光似笑非笑盯著他，那張老實的臉，仍舊不動聲色，咧開嘴露出一排整齊白牙，笑容無辜。

「不要告訴妳七嫂就成。」

他站起來，拖來旁邊那個大包裹打開，露出一個大花梨木箱子。他拿出鑰匙開了鎖，裡面整整齊齊擺著穿著不同、衣衫不同、形狀各異的泥塑娃娃——磨喝樂。

「妳七嫂不許我收集這些，將我好多珍藏都送了人。」孟七郎說起來就痛心疾首，珍重萬分地摩挲著那些磨喝樂，祈求地望著她。

「小九，妳府裡大，我把這些放在妳這邊，閒暇休沐時，我再過來看看它們，拜託了。」

磨喝樂不便宜，孟七郎藏的私房錢大多都用在這上面。

孟夷光扶額，她能理解這些收藏癖，他跑得這麼殷勤，只怕也是為了藏他的寶貝，還有想要坑那一成利。

自己的親哥哥，她又能怎樣呢？

孟夷光答應孟七郎，他又吃了一碗冰雪涼水，才興高采烈離去。午後便遞來消息，說陸洵答應了，在她的生藥鋪子裡坐診。

總算了卻一樁心事，孟夷光輕快許多，晚上歇了一個安穩覺。

隔天用過早飯，她正在聽管事們回事，只聽到院外傳來丁鈴噹啷的響聲。門房遞了消息進來，鄭嬤嬤聽完也是一言難盡，不知該如何開口。

孟夷光暗自咬牙，只怕是那個活祖宗又在鬧么蛾子。她快步出去一瞧，整個人像是被雷劈過，呆愣當場。

蘅蕪院的匾額扔在一邊，阿愚站在梯子上，滿頭大汗在掛新的匾額。

裴臨川負手，退得遠遠地看著那塊匾額，目露滿意。見到她出來，他快步上前，指著匾額，神色自豪。「我寫的字。」

筆走龍蛇，矯若驚龍，就算孟夷光不懂書法，也能看得出稱得上大師所書。

不過，「天機分院」……究竟是什麼鬼！

「我的是天機院，妳的是天機分院。」裴臨川玉面不知是曬紅還是害羞，泛起陣陣紅意，他垂眸看向她。「我想與妳一樣。」

第十七章

孟夷光面無表情，轉動著僵硬的脖子，看向裴臨川。

這些天，他在院門外像小偷那樣踩點，就是在想給她換塊院子匾額嗎？

他的腦子，真的是世外神仙異於常人，如她這般的凡夫俗子，實在是無法理解。

還有，他神情中隱藏不住的雀躍，究竟在期待什麼？

阿愚掛好匾額，輕盈地躍下梯子，憨憨一笑。「夫人，匾額共計一兩銀子，鋪子夥計在府裡等著收帳。」

家醜不可外揚……

孟夷光已經無力罵人，對鄭嬤嬤揮了揮手。「妳拿銀子去會帳。」

「是。」鄭嬤嬤低下頭忍笑，領著阿愚前去付銀子。

裴臨川仔細覷著她的臉色，皺眉問道：「妳不高興嗎？妳為什麼不高興？」

「我該高興嗎？我為什麼要高興？」孟夷光不知道是自己心底壓抑的怒意，還是天氣實在太熱，她只覺得身體像著火般，渾身冒汗。

她瞥了裴臨川一眼，實在是不想再見到他，轉身往院子裡走去。

裴臨川靜靜矗立，似乎在認真思索她的問題，時而苦惱，時而微笑，半晌後他抬腿追進屋，對她興沖沖地說道：「十郎說妳先前擔憂我又老又醜，我長得很好看，所以妳該高興。妳阿爹喜歡藏私房銀子，惹妳阿娘生氣，我所有的銀子都交給妳，因此妳沒有理由生氣。」

孟夷光咬牙心想，孟十郎那個嘴碎的小混蛋，下次見到，擰爛他的嘴。

裴臨川自發坐在圈椅裡，指著她面前的冰碗，舔了舔唇，說道：「我也要。」

「春鵑，去拿一碗來給他。」孟夷光見他那副饞樣，要是不給他，只怕他又會繼續唸經。

春鵑忍著笑意出去了，給他端來一碗加了許多蜜的冰碗。

裴臨川拿起來捧在手心，滿足長嘆。「妳對我真好。」

孟夷光有些無語，更兼好奇，按著皇帝對他的依仗，難道還有人對他不好嗎？

「除了我之外，還有誰對你好？」

裴臨川放下冰碗，認真道：「先生對我也好，只是他不一樣，他救了我的命，教我讀書識字、學本領。妳是我媳婦，趙牛兒說，不是每個媳婦都會對夫君好，他媳婦就不會，從來不讓他進她的院子，還不給他飯吃。」

趙牛兒的妻子是前朝禮部侍郎的嫡女，飽讀詩書，才情過人，能看得上他這樣的泥腿子武夫才怪。

裴臨川繼續數著對他好的人。「阿娘對我也好，族裡說我兩歲就能識字過目不忘，此乃不祥，要將我燒死，她護著我逃出來，討的吃食都拿來餵我，自己活活被餓死了。」

孟夷光渾身一震，心酸難抑。他兩歲就開始顛沛流離，這麼小的一個人，在四下動盪的前朝末年，能活下來簡直是老天開眼。

裴臨川神情不變，扯了扯自己身上的衣衫，眉目中都是暖意。「這個很合身，裡面的裡衣穿著舒適，我很喜歡。以前有個員外將我帶到府裡去，說要給我新衣穿，脫了我的衣服，還用手摸我，先生趕來殺了他。」

怪不得他從不穿別人的衣衫……

他越是平靜，孟夷光越是難過，眼眶發澀，慌忙別開了頭。

裴臨川愣了一下，半晌後問道：「妳在難過嗎？」

孟夷光拿起几案上的茶杯喝了一口，掩飾道：「不，我沒有難過，一切都過去了。」

面對他這般的人，憐憫才是對他最大的侮辱。

裴臨川神情愉悅起來，呼出了口氣，說道：「妳沒難過就好。我怕惹妳難過，因為我跟妳在一起很高興。先生說不要理會塵世中的俗事，要心無旁鶩，至純至真，才能看清卦象。很多人說我不會說話，我都不去理會。如果妳不開心了，我會去學，我很聰明的。」

他的先生只怕也是世外高人，從沒有教他世情，也正因為如此，他才如此厲害。

孟夷光微嘆，失之東隅，收之桑榆，這世間哪有兩全其美之事。

裴臨川嘴角翹起來，聲音輕快。「皇上教過我，說夫妻本是一體，妳的銀子就是我的銀子，我的院子匾額也是妳的院子匾額，我要與妳合體。」

「噗！」孟夷光如遭雷擊，霎時被嗆住，嘴裡的茶噴得老遠，漲紅了臉，咳得驚天動地。

茶水噴了裴臨川一臉，他面色變了變，艱難地抬起手抹去臉上的水漬，勉強道：「我不怪妳，妳擦了牙不髒，要是徐侯爺，我一定會生氣。」

孟夷光咳得更厲害了，春鵑忙上前拍著她的背，又去擰布巾來，遞了一塊給裴臨川，又替她擦拭手臉。

好半晌，孟夷光才止住咳。

算了，是皇上居心不良，亂教！

孟夷光正色道：「我的銀子是我的銀子，你的銀子亦是我的銀子。因為我要供你們吃穿住行，你與阿愚、阿聾吃得太多，你的俸祿遠遠不夠。」遲疑片刻，她才繼續說道：「合體不能在府裡說，更不能拿出去說，聽見了嗎？」

裴臨川清澈明亮的眸子裡寫滿不解，疑惑地問道：「為什麼？」

孟夷光瞪大眼睛，唬著他道：「反正不能說，說了沒飯吃！」

裴臨川眨了眨眼，輕笑道：「我知道合體是何意，就是圓房的意思，妳難道不想與我圓房嗎？」

孟夷光猛地站起來，衝過去將他往外拖，怒道：「滾滾滾，誰想要與你圓房，再胡說我敲掉你的牙，打斷你的狗腿！」

第十八章

裴臨川被趕出去後，一連多日都未曾再出現。

孟夷光鬆了一口氣，不見這個祖宗，頓時覺得外面的烈日都美好起來；除了太后生辰到了，又要花一大筆銀子送壽禮。

成親時進宮敬茶，聽皇帝說過太后在禮佛。她也不刻意討好，尋了個成色、雕工皆看得過去的玉佛做壽禮。

早起進宮時，在二門處又遇到裴臨川，孟夷光幾乎懷疑，他是不是特意卜過卦，不然怎麼每次出門都能遇到他。

一些時日未見，裴臨川肉眼可見清減許多，臉色蒼白，形銷骨立，身著寬袍大袖，一舉一動，飄逸靈動，像是隨時要羽化成仙，乘風歸去。

難道是因為自己拒絕他，他才消瘦至此嗎？

他性情如此不懂得轉彎，對於尋常人來說再簡單不過的禮數，對於他來說就是難上加難。

孟夷光有些歉疚，略一斟酌，開口問道：「你生病了嗎？」

裴臨川上前兩步，覺得不妥又退回去，臉上帶著恍惚的笑意，說道：「沒有。」

孟夷光一顆心才落到一半，只聽他又說道：「就是吐了幾口血。」

這下嚇了她一大跳，忙上去仔細打量他。

這個祖宗，吐血了還沒有病嗎？

孟夷光急忙吩咐道：「阿愚快去請大夫。你還出來做什麼？快快回屋躺著！」

「不用，我已自己號過脈，無妨。」裴臨川眼睛溢滿笑意，低聲道：「今日太后生辰，我也進宮去給她賀壽，想去學一些你們俗人的禮數，好知曉如何不惹怒妳。」

俗人孟夷光默然半晌，放棄勸說，上了馬車進宮。

趙老夫人也帶著周氏、于氏進宮，而崔氏因孟季年沒有出仕、沒有品級，所以留在府裡。

孟夷光沒有見到崔氏頗有些遺憾。只是她想到孟季年那德行，他沒當官也是好事，否則他做官一日，阿娘就得替他操心一日。

大殿裡，依著品級坐滿人，太后高高端坐在上，一身朱紅色禮服，頭上戴著百鳥朝鳳珠冠，臉龐黝黑蒼老、布滿皺紋，想是年輕時吃了一些苦。

孟夷光只飛快瞄一眼，見皇后冷著臉且目光不善，忙垂下眼簾跟在趙老夫人身後，前去行禮問安。

「這就是阿川媳婦？抬起頭來我仔細瞧瞧。」太后聲音洪亮，中氣十足。
孟夷光愣了一下，才明白阿川媳婦是指自己，她忙微微抬頭，任由太后打量。
半晌後，太后方道：「唔，還行，下去吧。」
孟夷光施禮後正要退下，皇后卻笑著插話道：「依著阿川的相貌，能配得上他的，只怕全大梁也難尋出來，是皇上看不下去，只得賜了婚。」
太后只淡淡瞥了她一眼，端坐著不搭理她。
皇后卻沒有停下的意思，她神情威嚴，冷眼打量著孟夷光，說道：「成親已有一些時日，怎麼還未見喜信？」
孟夷光視線掠過徐三娘，感受到她眼神怨毒，正恨恨地盯著自己。除了她之外，站在太后身邊一個嬌俏的小娘子，眼神更是冰冷，恨不得能射出刀子來。能跟在太后身邊的小娘子，定是她娘家李國公的家人。
想到裴臨川說自己得罪過太后，怕也是因為他的親事。
孟夷光心裡暗自嘆息，低頭羞澀一笑，恭敬答道：「回皇后娘娘，是夫君喜靜，不願意府裡再添人，說此生守著我一人已足矣。」
趙老夫人也笑道：「世人都說國師清冷，不理會俗世規矩，我瞧著也是。這高人總有些怪癖，他不願意生孩子，做妻子的總得夫唱婦隨，以夫君為重。」

皇后最喜將夫唱婦隨提到嘴邊，此時，她臉色難看至極，可她就算再蠢，也知趙老夫人不是她能隨便訓斥之人，只得忍氣吞聲，圓了這場面。

「總得規勸著些，這婦人哪能不生孩子？罷了罷了，今日是太后娘娘壽辰，不宜多說這些喪氣之事，妳們下去吧。」

孟夷光與趙老夫人她們施禮後退下，坐在一旁的位子上，繼續等著命婦上前賀壽。

皇帝的正乾殿內，大開宴席，官員們觥籌交錯，吃喝正歡。

徐侯爺最喜飲酒，酒量卻不甚好，與幾個武將連拚了幾杯，已經滿臉通紅，他手裡捧著酒杯不肯放下，四處找人敬酒。

他晃了一圈，小眼睛突然一亮，搖搖晃晃走到裴臨川面前，瞇著眼睛仔細打量他。

「這不是我們的國師大人嘛，哎喲，你怎麼來了？」

裴臨川正認真吃著面前碟子裡的蜜汁嫩藕，他眼皮都不抬，只抬起手捂住鼻子。

「呃。」徐侯爺打了個長長的酒嗝，嘴裡渾濁的氣息噴出來。

裴臨川放下筷子，一隻手捏住鼻子，一隻手抬起袖子擋住臉。

「你怎麼瘦成這般模樣，難道孟家女兒沒能伺候好你？」徐侯爺雙手扒到他几案上，哈哈大笑。「這女人啊，中看不中用，既不能生孩子，又不能伺候好夫君，也是白瞎。」

裴臨川緩緩放下手，他神色冰冷，長腿驀地伸出去。

得意笑著轉身離去的徐侯爺，腳下一絆，「哎喲」一聲，往前一撲，摔了個狗吃屎。

坐在裴臨川旁邊的老神仙被嚇了一大跳，定睛一瞧，急忙站起來，卻不小心腿碰到了几案，晃動之中，杯杯盞盞連同酒菜，砸向他們面前的徐侯爺。

「哎喲，徐侯爺真是對不起，我年紀大了，手腳不靈活，你可還好？」老神仙扎著手轉圈，看著孟伯年忙對他一指。「老大快去將侯爺扶起來。哎喲，這怎麼得了。」

孟伯年早已站起來，忙衝過去扶徐侯爺，只是扶到一半雙手一鬆，又將他重重摔回地上。

「侯爺太重，我一人扶不起來，快來人搭一把手。」

孟伯年急得頭上直冒汗，站起來團團打轉，腳又不小心踩在徐侯爺的手上，痛得他慘叫一聲，嚇得孟伯年忙後退，腳下踩到湯汁一滑，手忙腳亂中，又踩到他另一隻手上。

在徐侯爺一聲聲的慘叫聲中，大殿內的眾人才回過神，內侍奔上前齊齊施力，總算將渾身掛著湯湯水水的徐侯爺扶下去。

老神仙趁著混亂，偷偷對裴臨川笑道：「做得不錯，當為我孟家女婿。」
裴臨川面不改色，平靜地道：「他說小九沒伺候好我，下次我見到了還絆他。」

第十九章

聽了冗長的祝詞，吃了一餐食不知味的油膩飯菜，太后的壽宴總算結束。

孟夷光與趙老夫人她們都相當疲累，依次出去到宮門口。

老神仙特意等在那裡，見到她，笑道：「小九來坐我們的車，我送妳回去。」

孟夷光猜想定是在宮裡出了什麼事。她上老神仙的車，趙老夫人先低聲說了皇后的刁難。

老神仙翻了個白眼，不屑地道：「徐家上下滿門蠢貨，沾了徐家的血，也簡直蠢得發臭，就知道生孩子，殊不知生出一堆災難來，跟蝗蟲一樣危害莊稼。」

孟夷光抬頭看向老神仙，目光中充滿不解，難道太子那裡出了差錯？

老神仙笑咪咪的，撫鬚道：「小九，妳又猜到了？」

孟夷光抿著嘴笑。「猜到一些，就是不知究竟發生了何事。」

老神仙神秘一笑。「這些事太臭，妳就別聽了，免得污了妳的耳朵。」接著他又眉飛色舞講了大殿發生的事，當說到裴臨川伸腳絆倒徐侯爺時，幾乎拍掌叫好。

趙老夫人笑罵道：「你收著些，隔牆有耳，別跟個猴兒一樣，把馬車掀翻了。」

孟夷光聽完後，只覺得無語至極。

裴臨川不是進宮學世情規矩嗎？他這樣明目張膽出腳絆人，難保不會有人看見。再加上老神仙與孟伯年一唱一和，這麼明顯的事，聰明人那麼多，尤其是皇帝，他難道會不清楚？

「哼，姓徐的太過囂張，朝中跟他幾個要好的，都是一群蠢貨。蠢貨多了，加起來也讓人挺心煩，皇上雖說不會拿他怎麼樣，可也不會縱著他。」老神仙大拇指往上一指。「上面可還有尊大神，要是徐家囂張了，李家該當如何，是不是也要跟著囂張？兩家打擂臺可不是一天、兩天了，別忘了，李家還有個李淑妃，她的兒子才十多歲。」

太子已成年，皇帝也正當壯年，子強父不弱，這對於太子來說，並不是什麼好事。

「國師上次對我說，他曾得罪過李家，想必也是因為他的親事。」孟夷光本不信這些無稽之談，只是她來到這個世間後，便多了對鬼神的敬畏心，斟酌了一下，問道：「國師真關乎國運，誰家得到他，誰家就會坐上那個大位？」

「放屁。」老神仙脫口而出罵了句粗話，惹得趙老夫人狠狠捶了他一拳，他一邊揉著胳膊，一邊白眼快翻上天。「卜卦能得一時運勢，可國師能卜盡天下人心嗎？高家得天下，不過是民心所向，前朝太不像話，老百姓活不下去，誰能讓他們活下來，誰當皇上，跟他們一個大錢的關係都沒有。」

孟夷光鬆了口氣。裴臨川若真是兩家下死力要搶的香餑餑，面對那個大位的生死之爭，那她還真是難以招架。

「唉。」老神仙瞇著雙眼嘆了口氣。「興百姓苦，亡百姓苦。一國之運又豈能一人能左右？我只求能保住家人，對得住百姓。小九，妳是通透之人，比起我也不遑多讓，國師雖說不通世情，可他願意待妳好，這已很難得。要是什麼都懂，以他的身分、地位，後院豈能只有妳一人？這女人生來就苦，全京城不納妾、不置辦通房的又有幾家？就算妳叔伯阿爹幾人，也是我強壓著，才息了那份心思。」

孟家曾祖不成器，後院小妾通房一大堆，嫡妻生了老神仙，小妾生了幾個兒子，只有最得寵的庶長子長大成人。

嫡妻被氣得早亡，老神仙艱難長大後，府裡值錢的鋪子田莊都被小妾寫到娶媳婦的嫁妝裡，只有不值錢的一些家產留給他。

幸得老神仙天資聰穎，在曾祖去世後，將庶長子一家弄回青州老家，壓得那一房死死不得翻身，迄今沒有人能出頭。

老神仙年少時吃足苦頭，也恨透那些後院亂象，便立了孟家子孫不得納妾的規矩。連孟家女兒出嫁，也千挑萬選那家風好的人家，只願她們嫁出去後能過得順心。

孟夷光心裡暖暖的，點點頭道：「我曉得，得到一些總會失去一些，我自不會往心裡去。」

老神仙一改嬉笑神情，正色道：「思慮過重易傷神，可也不得不多想，道理雖淺顯，那些蠢貨自然也能看明白，可架不住人心裡總有些僥倖。就像見到廟宇，總得進去拜拜，萬一菩薩顯靈了呢？妳得小心防著他們的算計，王八亂拳打死老師傅，可別著了他們的道。」

孟夷光忙一一應下，馬車到了國師府門口，她辭別後下車，便見到裴臨川負手等在那裡。

裴臨川見她下車過來，眼神一亮，隨即又委屈地道：「我等妳很久了。」

「等我做甚？」孟夷光見他語含抱怨，又著急慌忙的模樣，問道：「很急又重要的事嗎？」

裴臨川愣了下，才說道：「等等再說亦可。」

孟夷光嘆了口氣，看著他一腦門子的微汗，說道：「外面太熱，我們邊走邊說。」

裴臨川緊跟著她，低頭覷著她的臉色，得意道：「徐侯爺說妳壞話，我將他絆倒了。老神仙說我做得很好。」

他一直在等著她，就為了讓她表揚他嗎？

孟夷光忍笑道：「嗯，你做得很好，下次記得做隱蔽些，別讓人抓著把柄。」

「我不怕。」裴臨川神色自若，抬起下巴驕傲地道：「我打得過他。」
孟夷光嘆氣，他這是學了拳腳功夫，打架打上癮了？
裴臨川一板一眼說著大殿內發生的事，絮絮叨叨地直到正屋。
孟夷光實在受不住，讓他坐下歇息一會兒，自己先去淨房洗漱。
洗漱後，孟夷光換了一身輕便半舊的衫裙，頓覺疲乏去了大半。她出來後，見裴臨川仍是那身青色深衣，也不知有沒有換過衣衫。
見他不住打量自己，孟夷光便出聲問道：「你有沒有洗漱過？」
「沒有。」裴臨川老老實實答道：「我還未曾回天機院。」
要是讓他回去洗漱，依著他的性子，沒有說完又會回來，來來回回又是一身汗。
孟夷光吩咐道：「夏荷，妳去讓阿愚拿一套國師的換洗衣衫來，就在這裡先洗漱一下。」
裴臨川搭在膝蓋上的手指動了動，嘴角上翹，悄悄地嚥了口口水，眼含期待等著阿愚送衣衫來。
孟夷光見他雀躍的模樣，忍不住好氣又好笑。
他穿著一層又一層，渾身定是早已被汗濕透，屋裡有冰盆，不換一身乾爽的衣衫只怕會生病。

看病抓藥太費銀子，能省一個大錢是一個大錢。

阿愚很快送來衣衫，春鵑領著裴臨川去淨室，依著規矩要伺候他洗漱，卻被他冷著臉拒絕。

「出去，我從不用人伺候。」

春鵑規矩地退出來，孟夷光好笑地揮揮手。「妳下去吧，由著他自己去。」

沒一會兒裴臨川洗漱出來，看上去輕快愉悅，在圈椅上坐下，拿起杯子喝了口不冷不熱的茶，舒服得直瞇起眼睛。

「以前先生說，一茶一飯不過是活下來之需，活著能嚐到不過是七味，萬變難以逃離其中，可我覺得他說得有些不對。」裴臨川神情漸漸困惑起來。「妳這裡的一茶一飯，與孟家所食不一樣，皇宮裡所食也不一樣，甚至送到天機院來的，亦不一樣。總覺得，妳的茶水中都帶著清甜味，妳是加了蜜在裡面嗎？」

第二十章

裴臨川的困惑，同樣也令孟夷光困惑。

這場親事本就是賜婚，沒有期待也就不會失望，她對裴臨川，只是在做一個妻子該做的事。等年歲再長一些，也許會生一個孩子，陪著他長大，這一輩子也就這麼過去了。

裴臨川從小孤苦，難得有人給予關懷與溫暖，才會覺得她對他好，令他方寸大亂。

孟夷光又想起老神仙的話，他異於常人，心思純粹，又一心用他的方式去護著她，不管在什麼世間，一生一世一雙人都難能可貴。

裴臨川絮絮叨叨說個不停，興許是他在人前寡言少語，在她面前，變本加厲要將那些少說的話補回來，話癆般滔滔不絕。

孟夷光無奈有之，心疼有之，心情複雜，難以形容。

他看到几案邊的帳冊，隨手拿起來翻了翻，然後越翻越慢，眉頭深鎖。

孟夷光以為他看到帳面上所剩無幾的銀子，剛要開口解釋。

裴臨川放下帳冊，難以置信地看著她，疾呼道：「妳的字怎會這麼醜？」

好氣！

孟夷光站起來，過去將帳冊抓到手裡，拉下臉道：「我又不用考功名，也不用當才女，字醜又有何關係？」

裴臨川愣了下，小心翼翼地問道：「妳又生氣了嗎？只要聽到實話就會生氣嗎？」

孟夷光被噎住。

他先前說的實話，她聽得還挺順耳，他這句也是大實話，可聽起來怎麼覺得彆扭。看來她還真是徹徹底底的大俗人，只能聽好話。

「沒事，我可以教妳，我的字寫得很好。」裴臨川定睛看著她，神情無比認真。「只要妳肯下苦功，一定能寫好大字。」

還要下苦功，每日操心府裡的中饋，難道還不夠令人心煩嗎？

孟夷光知道不能跟他打太極，他聽不懂言外之意，乾脆直接拒絕。「不用，我不要學。」

「為什麼不學呢？」

她反問道：「為什麼要學呢？」

「因為很醜，難受。」

孟夷光見他一臉的不認同，想到以前的笑話，不能與傻子爭長短，起身道：「我累了要歇息一會兒，你也回去吧。」
裴臨川垂眸，沈思了半晌，默不作聲起身離去。

翌日早上起來，孟夷光正在用早飯，裴臨川又來了。
他帶著一堆文房四寶，興高采烈地說道：「我來教妳習字。」他見她還在慢條斯理用飯，嘟囔道：「妳怎這麼晚才起床？資質愚鈍之人，一定要下苦功，萬萬不可貪睡偷懶。」
孟夷光很想將手裡的粥糊到他嫌棄的臉上。
她擦拭完嘴，瞪著他道：「以後你不許說我胖，說我蠢，心裡所想那些不好的話，都不能說。」
裴臨川研墨的手停了下來，他神情為難，糾結地道：「那豈不是言行不一致，是要讓我說謊嗎？」
孟夷光也愣了，他本性如此，要他說謊也太為難了點，於是退一步說道：「我是讓你閉嘴，你心裡怎麼想我管不著，但你不能說出來。」
裴臨川沈默半晌，再抬頭，眼裡又是一片清明。「好。」
「我還有許多事要忙，府裡的管事們還等著我，沒有工夫習字。」

見她站起來往外走，裴臨川呆呆立在几案邊，眼神晦暗不明。

這時夏荷急忙走進來，一迭連聲地道：「九娘，不好了，生藥鋪子有人鬧事！說是吃了鋪子裡的藥，不但沒有治好病，肚子痛得受不住，現在正在門口躺著，吵著要個說法。」

孟夷光臉色微沈，生藥鋪子自從陸洵坐診以來，生意非常好，只怕是惹人眼紅，故意尋了潑皮來滋事。

她沈吟一下，一邊往外走，一邊吩咐道：「妳親自去孟家尋阿爹來。鄭嬤嬤去備車，我們前去瞧瞧。」

夏荷得了吩咐忙退了下去，孟夷光腳步匆匆往外趕，走了一段路才發現裴臨川也跟在她身後。

想到鋪子裡還有陸洵，他見到只怕又會鬧起來，於是她耐著性子對他說道：「外面天氣熱，人多雜亂，你且留在府裡，別跟著去。」

裴臨川負手，眼裡明顯壓抑著隱隱怒火，板著臉說道：「我很厲害，我可以幫妳打架。」

孟夷光真想先將這個祖宗打一頓，又怕他會更為不依不饒。

她換上笑臉，溫聲道：「我知道你很厲害。鋪子不會賣假藥，定是有人故意找事。

我去報官，讓官差來抓他們進去打板子，不會打架，你且放心，在家裡等著我啊。」

裴臨川神色和緩下來，雖一言不發，卻沒有再跟過來。

孟夷光舒出一口氣，與鄭嬤嬤上了馬車趕到朱雀街的藥鋪，遠遠地就瞧見門口圍了一大堆看熱鬧的閒人，她忙吩咐道：「讓馬車從後門繞進去。」

車夫將馬車趕到後巷，孟夷光下車從後門進去。

陸洵聞聲也忙迎上來，先前的溫和不見，整個人顯得陰鬱，他恨恨地道：「這些狗東西，鋪子裡抓的每一帖藥，開出去的每一張藥方，都有留案。他當時來看病，不過是些頭疼著涼，我怎麼會開草烏這味藥，亂潑髒水不說，還誣衊我陸家上上下下都是庸醫害人！」

孟夷光見他渾身的恨意，只怕又想到其父的冤屈，她心裡微嘆，安慰他道：「清者自清，你先別露面，我去瞧瞧。你放心，我定會讓他們還你一個公道。」

陸洵脊背挺直，凜然道：「我問心無愧，自不會怕這些魑魅魍魎。」

孟夷光見勸說無用，又擔心前面的情形，沒再說什麼，疾步走到大堂。

門口堵著一排夥計，一個中年漢子躺在青石地面上，眨巴著小眼睛，不時像是唱戲般，拉長聲音叫喚。

「哎喲，我的肚子好痛……無良庸醫害人，黑心鋪子抓錯了藥不承認，拿毒藥害人啊！可憐我上有老下有小，我要死了，這一家子可怎麼活啊！」

看戲的閒人也不時附和道：「這藥鋪看錯病，抓錯藥治壞人，真是害人不淺。我媳婦家二舅舅的表姊，也是被庸醫誤診，死後兒女落到後娘手裡，那個可憐喲。」

「死了也白死，這些鋪子背靠貴人，你瞧那些夥計，擋在那裡跟要吃人一樣，你敢上前說一句嗎？」

「報官，我不信天子腳下，這些人還敢這麼猖狂！」

「哎喲，官字上下兩張口，你報官不是羊入虎口嗎？帶進衙門先給你一頓板子，打得半死不活，你就算再有天大的冤屈，也不敢往外放一個屁字！」

「狗官！官官相護，太囂張了，難道沒有王法了嗎？」

群情越來越激奮，孟夷光靜靜聽著，明顯是有人在裡面挑事，甚至有人帶頭起鬨，往門口扔污泥爛菜葉。

「讓開讓開！」陣陣高吼聲穿破人群，一群高壯的閒漢耀武揚威，像是老鷹抓小雞仔般，將那些看熱鬧的人撥開，大搖大擺走到店鋪前。

孟季年扠著腰，威風凜凜地高呼道：「我看哪個龜孫子再敢動手，敢來訛老子。你也不瞪大狗眼瞧瞧，這鋪子是誰家開的！」

孟夷光微微鬆了口氣，潑皮祖宗來了。

第二十一章

孟季年身後那群人抱著手臂歪歪扭扭站在那裡，一看就絕非善類。果然那些起鬨的聲音小了許多，京城裡有名的潑皮閒漢都聚在這裡，有眼力見兒的都悄然後退了一步。

「我來看看，是誰瞎了眼，敢在門口打滾撒潑。」孟季年繞著中年漢子轉了幾圈，嘴裡嘖嘖地道：「喲，這不是城西李牛兒嗎？頭上流膿、腳底生瘡，偷看寡婦洗澡，搶三歲幼童的包子。不要臉就算了，你還不要命了？誰家將女兒送了你做好處，你為了快活，連命都不要了嗎？」

孟季年朝李牛兒響亮地啐了口，跳起來罵道：「啊呸！草烏什麼價錢？你的命可值草烏錢？害你，你也不撒泡尿瞧瞧，你配嗎？」

人群中突然有個高亢的聲音響起來。「我當是誰呢，原來是孟相家的小兒子孟三，如此囂張跋扈，難道這天下改姓孟了？」

孟夷光透過縫隙看出去，是一個瘦得皮包骨、倒三角眼、眼白過多，看上去滑稽可笑的中年男子。

他學著風雅文人的氣派，手裡的摺扇一收，從人群中上前一步，微抬著下巴，端著一副錚錚鐵骨的模樣。

「呵，這是哪裡來的醜八怪。」孟季年上前一步，貼近仔細盯著他打量，突然誇張往後一退，捂住眼睛大喊：「我的眼睛，哎喲，我的眼睛被醜瞎了。」

那人神情一變，太陽穴跳了跳，卻忍著沒有作聲。

孟季年仰頭大笑，囂張至極地斜睨著他。「長得這麼醜，徐狗子，也就徐侯爺不嫌棄你，選你做他的幕僚。不過我要是你，有點自知之明的話，就不會大白天出來嚇人。」他踢了李牛兒一腳，努嘴道：「你的主子來給你撐腰了，你還不趕緊嚎叫，在主子面前總得爭個臉，討得主子歡心，說不定招你做上門女婿。」

被人當場叫出小名，徐狗子終是再也忍不下去，他氣得嘴邊的鼠鬚亂跳，指著孟季年破口大罵。「孟三，你不過是仗著你老子，你算什麼東西！不學無術，仗勢欺人，橫行京城，魚肉鄉里，你當你老子是天王老子不成！」

一個小廝模樣的人也跟著幫腔，指著孟季年罵道：「孟家囂張不是一天、兩天了，大夥兒都睜大眼睛瞧瞧啊！這孟相不是說學富五車嗎？教出來的兒子，還不如我們這些做下人的呢。」

孟季年被他碰著了衣衫，立即瞪大眼直後退，腳步不穩摔倒在地。他那些潑皮朋友們忙上前，圍著他大呼小叫起來。
「三郎，你有沒有摔著？」
「不好啦，三郎，這個上古瓷杯被摔碎了！」
孟季年的慘叫響徹雲霄，疾聲大呼道：「啊，我的上古瓷杯，我價值連城的上古瓷杯！」
潑皮們極有默契地讓開，只見孟季年捂著胸口，痛心疾首悲呼。
「區區一徐家下人，都能看不起讀書人，我乃是前朝排名三十二名的進士，怎麼都算有功名在身，卻被人當街毆打，還損壞了我的寶貝。」
徐狗子神色一愣，他忘了孟季年這個潑皮，可是有功名在身。
他正要說話，小廝卻搶先，一臉不屑地開口。「功名？你不過是前朝考的功名，拿著前朝的劍來斬今朝的官，莫非你是前朝餘孽想要造反嗎？」
壞了！
徐狗子氣得閉上了眼，這個蠢貨！
新朝的科舉，要來年春天才舉行，全大梁上下的官，誰不是前朝的官？
他這個蠢到家的狗東西，是要將全大梁的官員全部得罪殆盡嗎？
孟季年的眼珠子一翻，心裡暗自偷笑。

真是蠢，哎喲，這是送上門來讓他欺負，那就休怪自己不客氣了。

孟季年拍著大腿，長歌當哭，拉長著聲音一唱三嘆。「蘇相啊，孟相啊，杜樞密使啊……」將朝堂上的官員們哭著叫喚了一遍，哀哀切切地哭。

「可憐你們為國鞠躬盡瘁死而後已，如今被一個刁奴，當街指著鼻子罵你們是前朝餘孽，這可是誅九族的大罪，是要置你們全部於死罪啊！一個下人，哪來這麼大的膽，我就是作為丞相兒子，亦不敢去多想啊。

「阿爹啊，你這個丞相當得太不值當，我們孟家沒有九族還好，大不了孟家上下老小陪著你赴死，可憐了蘇相他們，那可是枝繁葉茂的大族啊。」

圍觀人群中，擠滿各家下人，這時有人擠出人群，消息不斷遞出去。

徐狗子絕望至極，悄然對人群中使了一個眼色，有人暗自點點頭，趁亂摸到李牛兒身邊。

那人手才一動，阿愚如鬼魅般閃出來，捉住他的手，輕輕一轉。他一聲慘叫，手指張開，一顆藥丸滾到地上。

阿愚只輕輕一推，那人跌在徐狗子腳邊，嚇得他神色遽變。

阿蘢雙手輕輕一揮，原本擠在一起的人群如風吹麥浪，分向兩旁。

裴臨川一襲寬衣大袍，如謫仙下凡般踏步而來，在李牛兒面前站住，突然伸出腳，用力踢去，將他踢得弓起身子，半天都透不過氣來。他面容平靜，聲音清越。「他想毒死你，但你亦該死，我要打死你。」

人群中一片寂靜，不知所措地看著這個天人一般的男子。

他踢完李牛兒，又走到徐狗子面前，只瞄了他一眼，便別開頭，對阿愚說道：「他太醜，我不想親自動手打他，你來。」

話音剛落，眾人還沒有看清楚阿愚動作，只聽到「啪」一聲，徐狗子捂著臉倒在地上，滿嘴的鮮血，痛得哎喲直叫喚，又「啪」一下，吐出和著血的牙齒。

裴臨川正要往鋪子裡走，沈吟一下停住腳步，回頭說道：「我是國師，敢動我媳婦的鋪子，我就打你。」

眾人轟然。

原來他就是名動天下的國師，他居然這麼年輕好看！深居簡出的國師，竟然也這般囂張！

這場熱鬧，真是看得太值了，國師親自上前對陣徐侯爺家，這徐家可是有皇后與太子。

哎喲，不行，趕緊遞消息回府。

孟季年還坐在地上，張大嘴像個傻子，這時裴臨川的眼角餘光看到他，蹙眉片刻，走上前彎腰說道：「岳父，你莫哭，我替你打他們。」

這下不僅僅是孟季年，他那群狐朋狗友都愣住了。

孟三簡直走了狗屎運，女婿這般出眾也就算了，還如他一般目空一切，他這是後繼有人啊！

徐三娘本來在對面茶樓上，看著鋪子門口的熱鬧，一見到裴臨川出現，立刻喜上眉梢，起身衝下樓。

她不顧一切擠進人群，微喘著氣，眼裡滿含眷戀，嬌聲喊道：「阿川哥哥。」

裴臨川沒有如先前般視若無物，轉頭看了過去。

徐三娘又驚訝又激動，他終於正眼看了她。

她捂著胸口，只覺得那裡怦怦跳得如同擂鼓，眼淚怔怔爬滿臉頰。

裴臨川疑惑地問道：「妳一直跟著我，是想給我做妾嗎？」

徐三娘頓了一下，心裡又酸又苦。

他已經娶妻，但是為了嫁他，她做妾也甘願。雖然當著這麼多人的面，女人家要矜持，可他是裴臨川啊。

她深情地凝望著他，輕輕點了點頭。

裴臨川眉目舒展，像是終於弄清楚一件事，聲音輕快。「哦，我不要妳，妳太醜了。」

徐三娘只覺得心碎欲裂，眼前一黑，軟軟暈了過去。

裴臨川嫌棄地斜睨了她一眼，又抬起下巴，端著一副睥睨天下的姿態。

他冷然道：「喔，我忘了說，我不會納妾。我已經娶妻，她就是孟家九娘，她很好，誰敢欺負她，我就打誰。」

第二十二章

孟夷光站在店堂內，裴臨川一來，外面形勢大轉，她心情複雜至極，有些高興，更多的是嘆息。

他終於站在世人面前，卻是站出來公然打徐家的臉。

雖然皇帝知曉他的性子，可京城那些貴人們生就一顆七竅玲瓏心，這人一聰明，總會想得多一些。

孟家與徐家翻臉，大家只是看笑話，畢竟徐家在京城中不大受人待見。

可在貴人們心中神乎其神的國師，一旦有了選擇，就不是簡單的大戶人家不和。

藥鋪門外仍舊吵吵鬧鬧，徐家的下人僕婦尖叫著湧上來，圍在她身邊大聲叫道：「三娘，三娘，妳醒醒啊！」

有掐人中的，有差人請大夫的，熱鬧極了。

人群中有看熱鬧的大夫上前，號了號脈，說道：「無甚大礙，只是急火攻心，歇息一陣子自會醒來。」

「我瞧著是羞愧而亡才是。這徐家怎麼也算是新朝勛貴，唉，這教出來的兒女，還真是不如我們這些平頭百姓，哪有上趕著給人做妾的，又不是家裡揭不開鍋。」

「你以為國師府是你那三間破屋子？國師又長得那般俊，別說做妾了，為奴為婢怕是也有人哭喊著願意。」

「喲，妳願意有個屁用，國師說了，他不會納妾，只認孟家九娘。」

徐三娘只一會兒便醒了過來，她卻仍舊沒有睜開眼睛，心裡面難堪、難過、恨意交織。她手緊緊拽著，指甲穿破手心，傳來陣陣尖銳的痛楚，卻遠遠不及她心底痛的萬分之一。

裴臨川，孟九娘，你們欺人太甚，欺人太甚！

徐狗子嘴裡留著血，半癱坐在地上，被小廝架著胳膊扶起來，拖著往外走，他嘴裡還含糊不清地大叫道：「報官，我要報官……」

李牛兒趁亂想逃，卻被孟季年逮住，連著那想要下毒的下人，被團團圍在中間。

「想跑？嘿，晚了。」孟季年捏著那顆藥，在李牛兒嘴邊晃了晃，嚇得他全身發抖。

李牛兒不停地磕頭哭道：「貴人饒命啊，都是我一時財迷心竅，吃不起飯想要訛詐幾個大錢啊……」

裴臨川全然不顧外面的喧囂，信步踏進藥鋪大堂，隨意掃視一圈，見到陸洵時，眼神一凜。

孟夷光暗叫糟糕，忙迎上前抓住他的衣袖，笑道：「你怎麼來了？這裡吵，我們去後面歇一會兒。」

裴臨川目光冰冷，抬手抽回衣袖，冷聲道：「就在這裡歇息。」他眼眸微垂，斜睨了陸洵一眼，指著店堂一角給病人看診的几案椅子。「你在藥鋪裡坐堂看診？」

陸洵見裴臨川一來就鎮住局勢，囂張卻無人敢出言反駁，心中自是百般滋味。此時聽他開口詢問，不由得挺直了胸脯，答道：「是，承蒙九妹妹不棄，請我在鋪子裡給人治病。」

「九妹妹？她已成親，你該喚她夫人。」裴臨川斜睨著他，嘴角下撇。「你不僅不懂規矩，醫術也不怎麼樣。」

孟夷光扶額，想找針線將裴臨川那張嘴縫起來。

真是個四處得罪人的活祖宗！

陸洵臉色一變，他心頭火氣頓起，從初次見面伊始，他對自己就帶著莫名的敵意，此時更是出言挑釁。

陸家在京城早已沒落，入不了貴人之眼，可這一身醫術，卻是自己最值得驕傲之事。

「此話何講？難道國師亦精通醫術？在下不才，倒想討教討教。」
裴臨川一言不發，抬腿走到藥櫃前，微閉著眼睛，下一瞬，手拉開一個抽屜，從裡面抓出一些草烏放在櫃檯上。
陸洵緊盯著他的一舉一動，頓時渾身緊繃，眼睛驀地瞪大。
他根本不用看，只是微微一聞，就從密密麻麻的藥櫃裡抓出引起鬧劇的草烏。
就算是學醫多年，這麼多味藥的氣味混在一起，要辨識出來也難如登天。
「草烏劇毒，聲稱中毒之人，卻仍然精神極好。」
陸洵一震，他給李牛兒診過脈，的確有中毒之相，只是脈象輕微，不能判斷出他究竟是中了何種毒。
裴臨川抬眼看去，神情自得。「只因你醫術不佳，所以診斷不出他的脈，他所中的毒，根本無甚大礙。其實亦無須診脈，只需看診，他脖頸經脈突起，跳動過快，很快就會迸裂，血流不止而亡。」
陸洵難以置信，激動地道：「不可能，他脈象弦細而緊急，明明是中毒之症。」
「愚蠢。」裴臨川緩緩吐出兩個字，不再抬頭看他。
孟夷光見陸洵臉色鐵青，手拽成拳想上去跟他打架，剛要上去勸說，此時店堂外突然尖叫聲此起彼伏。

她。

她一愣，提著裙子就要往外衝，裴臨川手撐著櫃檯，猛地往外一躍，長臂一伸攬住她。

「不要去看。」他鼻翼微動，平靜地道：「他要死了。」

孟夷光只覺得莫名其妙，陸洵亦是大震，飛快奔出去，瞳孔驀地一縮。

李牛兒脖子處像是缺了口的河堤，鮮血噴湧，他軟軟倒在血泊裡，臉色蠟黃，雙眼無力望著天。

有人失控喊叫道：「他的脖子裂開了，他的脖子突然就裂開了！」

「天啊，我也瞧見了，他明明先前還好好的，也沒人靠近他。這是壞事做多了，老天在懲罰他嗎？」

孟季年也被嚇了一大跳，幸好他離得遠了些，血才沒有濺到他身上，這樣的事他也是初次遇見，又好奇又有些害怕。

屋外的血腥味太濃，孟季年急忙躲進店堂內，擦著額頭上的虛汗，喃喃道：「真是老天顯靈了嗎？看來壞事還是不能做太多啊。」

「不是，他這是病。」裴臨川按了按孟季年的脖子，耐心解釋道：「他這裡有病，所以會爆開。」

孟季年只覺得牙疼，脖子也開始發癢，對他翻了個白眼，心中很不快。

他解釋就解釋，摸他的脖子做什麼？

孟夷光倒是能明白他說的這些病症，呼出一口氣，對孟季年說道：「阿爹，你還是去報官，讓官差來處理李牛兒，不能落了把柄給別人。」

孟季年冷哼道：「我心中自是無愧。放心，我的上古瓷杯被打碎了，總得找人賠銀子。」

「上古沒有瓷杯。」裴臨川又開了口。

「嘿，這是誰家的小兔崽子。」孟季年氣得直挽袖子，瞪著他道：「你信不信老子將你揍成豬頭？」

裴臨川垂頭想了想，緊緊抿著嘴，臉都憋得通紅，卻沒有再出言駁斥。

孟夷光見他這般模樣，像是在強忍著沒有說話，忙對孟季年說道：「阿爹，你快去，京城估計到處都已知曉，還有許多事要你去忙呢。」

孟季年不悅地斜看了裴臨川幾眼，冷哼一聲甩袖離開。

陸洵像是失了魂般往裡走，兩人差點相撞，他也沒有回過神，嘴裡一直不斷說道：「不可能，不可能……」

「阿洵這莫非是被嚇到了？」孟季年心裡很鄙視他一番，真是膽小如鼠，大夫難道沒有見過死人嗎？這麼點事就嚇住了他？

陸洵失魂落魄，拖著雙腿無意識走著。突然，一隻腳悄無聲息伸了過來。他毫無察覺，腳一頓，身子往前一撲，狠狠摔了個狗吃屎。

裴臨川若無其事收回腳，負手佯裝無辜，轉動著頭四下打量，兩道長入鬢角的眉毛，卻不由自主亂飛，愉快得像是在跳舞。

第二十三章

孟夷光幾乎快被裴臨川氣得半死，幸好陸洵只是膝蓋跌破了皮，不然她還真沒臉去見二伯母于氏。

陸洵神思恍惚，眼神呆滯，整個人像是失魂般。她又歉疚又難堪，囑咐掌櫃帶了一些貴重藥材，親自將他送回陸家。

裴臨川在旁邊沈默不語，板著臉氣鼓鼓的模樣，她根本不想理會他，徑直上了馬車回府。

回到院子裡，孟夷光才坐下來喝了一口茶，老神仙又差了貼身老僕前來，將他的吩咐一字不差轉達了。

「皇上將此事交予太子。太子最怕的就是拿主意，可一旦他拿定主意，不管對錯，會一條道走到黑，從來聽不進去勸。太子又孝順，只怕很快會傳妳進宮，妳得小心些。」

原來藥鋪門口發生之事，早已傳進宮裡。

徐侯爺見到自己的幕僚被打，女兒也被氣暈送回府，怎麼都嚥不下那口氣，大哭著進宮找皇后告狀。

他一路不避嫌，哭得委屈，各部的官員們都瞧在眼裡。

皇上就算不想理會，此時也避不過去。他心裡一轉，將太子拎出來，說道：「你母后與舅舅都在那兒哭，唉，我上了年紀，聽不得吵吵鬧鬧，腦門疼。此事交予你去處理，有什麼為難之處，去尋幾位相爺商議便是。」

太子身形和面容都肖似徐侯爺，只是小了兩圈，又承繼一些皇帝的長相，看上去倒還算端正。他性子溫吞，定了主意吩咐給他的事，他能悶頭去做，只是讓他自己去拿主意，卻又會猶豫不決。

此時聽到皇上的吩咐，更是左右為難。

這場紛爭，孟家也參與其中，孟相不是該避嫌嗎？

太子滿肚子的糾結，急忙召來東宮長史與幕僚們，在一起商議許久，總算定了個大致主意出來——那就是只聽蘇相與王相的意見，至於孟相，只需客氣相待即可。

孟夷光聽老僕這麼一說，心裡似明鏡般，皇上這是拿這件事來讓太子練手。要是太子練得不順手，她可要倒楣。

她沈吟了半晌，對老僕低聲囑咐了幾句。「你且去告訴老神仙，我自會謹慎行事，他與阿爹都不宜出頭。」

老僕離去後，她換了命婦服，梳妝穿戴好，等著宮裡來人。

果真沒一會兒，小黃門便來傳話，宣孟夷光進宮。

在府門口，遇到阿壟駕車回府，孟夷光疑惑不解，裴臨川常年幾乎從不出門，卻這時才回，他這是去了何處？

「九娘，國師跟來了。」鄭嬤嬤放下車簾，欣慰地說道：「國師雖是牛脾氣，可卻極有擔當，定是怕妳在宮裡吃虧，要來幫妳。」

孟夷光沒好氣地道：「可是他動手打了人，皇上卻裝作不知，一是偏心，另外怕是再傳他進宮，說不定還會一併打了徐侯爺，最後無法收場。」

鄭嬤嬤愁腸百結中，也笑出聲來。就算裴臨川不打人，就那一張嘴，估計也會將徐侯爺氣得半死。

「去就去吧，正好。」孟夷光自嘲地笑了笑。「婚事可是皇帝親手賜下，這內裡情形，他又怎能不知？可怪不得孟家。」

到了宮門口，裴臨川卻轉身不見了，孟夷光雖不解，卻礙於宮人在無法發問，只得先去了東宮。

此時大殿內，皇后、太子、徐侯爺以及三位相爺都已在座，她甫一進去，就感覺到皇后刺目冰冷的眼神，直直朝著她看過來。

孟夷光垂下眼簾，依著規矩行了禮，目不斜視跟著小黃門，在最下首的圈椅坐下。

皇后早已忍無可忍，厲聲道：「孟氏，妳的藥鋪錯用毒藥害死病患，卻又毆打侮辱仗義出言相幫之人，可曾有此事？」

孟夷光心裡微哂，皇后護著徐家倒無可厚非，可她也太沈不住氣。太子可是她親兒子，第一次在幾位相爺面前獨自理政，她卻迫不及待先跳出來。

不過，太子好似沒甚反應，還頗為贊同地頻頻點頭。

蘇相與老神仙都不約而同拿起手邊的茶杯，喝得極為認真；王相皺著眉頭，給太子遞了個眼色。

太子莫名心慌，王相算是看著他長大，是他最信任的大臣，他這是在指責自己做錯了？

可是母后也沒有說錯啊，她想問的，也是他想問的，只不過她替他說出來而已。母后是一國之母，又是他的親生母親，於國禮和家禮，他都得尊敬她，難道她不能先開口發問嗎？

殿內的情形，孟夷光自是看得清楚明白，不由得暗自深深嘆息。

唉，太子的性子……老神仙還是留了些口德，他不僅溫吞，既缺乏主見，更無上位者氣勢，如身邊有忠臣輔佐，倒能做個守成之君。

「回皇后，生藥鋪子所開的藥方，以及所抓的每一服藥，都有藥案留底，這些都可派人去查。」孟夷光挺直脊背，不卑不亢地道：「至於毆打徐侯爺府上下人，倒是確有此事。」

皇后狠狠一拍几案，許是幼時種過地，手勁極大，震得厚重紫檀几案的杯盞都抖了抖。

「孟氏，妳好大的膽，婦人不安於室，在天子腳下還敢為非作歹。」她猛地看向老神仙，非常不客氣地道：「孟相，你就能袖手旁觀，這般縱容他們？」

老神仙捧著茶杯，呵呵一笑。「娘娘，孟家不怎麼管孩子，根子好，不會差到哪裡去。小九在京城是出了名的性情溫和，興許是嫁到國師府裡去後，水土不服，變得厲害了些。」

蘇相憋著笑看了一眼老神仙，這個老狐狸，大家都心知肚明是國師打了人，皇后撒潑，他也跟著胡鬧。

那張嘴簡直是張口就來，這麼點路還水土不服，他怎麼有臉說出口的？

王相聽不下去了，插嘴道：「娘娘，打人之事與孟夫人無關，還是請孟夫人說說毒藥害人致死之事吧。」

皇后聽了老神仙的話，本來滿肚子的怒氣，這時王相一開口，倒又冷靜了些許。

當街行凶打人，是裴臨川那個混帳東西親手做的，可他有皇上護著，誰也拿他沒辦法。想將罪名強安在孟夷光身上，可說不過去，再說這殿內還坐著其他兩位相爺呢。

太子端坐在堂，時而看向皇后，時而看向王相。

孟夷光這時聽太子開口問話，像是微微鬆了一口氣，肩膀垂下，往椅背上靠了靠，尋了個舒適的姿勢聆聽。

她微笑著正要說話，此時一道熟悉的聲音傳來。「你們怎麼都如此蠢笨，看不出潑皮不是因中毒而死，而是他自己有病嗎？」

第二十四章

眾人神色各異，循聲望去，只見皇帝一身常服，滿臉煩躁走在前，裴臨川面無表情在後，兩人一前一後走進大殿。

「坐吧，坐吧，無須多禮。」皇帝抬了抬手，在上首閒閒坐下，又瞪了一眼裴臨川。「我就是來看看。」

眾人施禮後又坐回去，裴臨川指了指孟夷光，吩咐小黃門。「將椅子搬到她旁邊。」

皇后臉色陰沈得幾欲滴水，她知道裴臨川從不講規矩禮數，皇帝又跟著前來，徐家今日肯定討不了好。

太子尚在莫名其妙中，父皇不是將此事交給自己了嗎？難道自己處理不妥，惹來他的不滿？

蘇相剜了一眼老神仙，這老東西還真是好運道。一家子上下老小，雖說出眾的兒孫沒有幾個，可每一個拉出來都能獨當一面。

老神仙的這個孫女，看上去溫婉，雙眼明亮靈動，生得好又聰慧過人。她話雖少，聽似樸實無華，卻引得皇后往她的話裡鑽了，要不是皇帝來，只怕皇后討不了好。

更氣人的是，平時深居簡出的國師，居然主動走進東宮。看皇帝的神情，怕是被他強拉來了吧。

王相更是一肚子的火氣，皇帝好不容易讓太子理一次政，硬生生被皇后攪沒了。現在最大的那位坐在上面，雖口中說是來看看，可除了國師之外，誰能當他真不存在？

至於老神仙，他眼觀鼻鼻觀心，喝起自己的茶，端的是萬事不管之態。

小黃門愣在那裡，因為按著規矩，國師不該坐在孟夷光身邊。

皇帝又瞪了裴臨川一眼，無奈地說道：「給他搬過去，趕緊坐好，我還忙著呢。」

小黃門得令，忙將椅子搬到孟夷光身邊，裴臨川坐下後，瞄了她一眼又將頭轉向一旁，像是在與她賭氣，還輕輕哼了一聲。

孟夷光暗自咬牙。

你氣個鬼，我還沒有跟你算帳呢！

皇帝嘆了口氣，見自己來後無人再說話，只得開口。「你們繼續吧，阿川說不是中毒，是潑皮自己患了病。」

裴臨川接了話，認真補充道：「你們看不出來患了病，一是見識少，二是讀書少，

《異聞錄》中早有記載。」

孟夷光垂下了頭，他這一開口，可是將殿內之人全部罵了進去。

要不是皇帝在，哪怕他是孫女婿，估摸著老神仙會第一個跳起來揍他。

果然，其他人雖氣歸氣，可礙於皇帝在，只是在椅子上動了動。

徐侯爺卻坐不住了，他讀書少，自從做侯爺之後，這就成了他的大忌。

「讀書少怎麼了？你說書中有記載就有記載？誰知道書是不是你寫的，反正你可以隨便編。」

《異聞錄》乃是古書，不一定人人都讀過，可說是裴臨川所書，這也太沒見識。

這下連王相都不想再說話，徐家人上自皇后，下至僕從，就沒一個明白人。

「真蠢啊。」裴臨川嘆為觀止，看著徐侯爺好奇打量。「我知道你又蠢又臭，可不知你竟然蠢到如此地步，你還有更蠢的嗎？」

徐侯爺見他目光滿含期待，好似等著自己更為愚蠢的話，頓時又氣又羞又怒，神色幾經變幻，高大的漢子頓時失聲痛哭。

他扯著破鑼嗓子直嚎。「我不活了啊！可憐我一把年紀，還受如此折辱……」

皇帝撐著頭，只覺腦門都疼。

徐家雖惹不出大事，可雞毛蒜皮的小事惹出一大堆，惹出事後又不懂如何收場，只會到皇后面前哭。外戚雖不能太強，可太蠢，一樣是麻煩。

皇帝擰著眉頭看了太子一眼，見他心有戚戚焉，似也在跟著難過，心中惱怒更甚，沈聲道：「徐侯爺傷心過度，來人將他扶下去，別哭壞了身子。」

小黃門忙湧上前，將徐侯爺半拖半勸帶出大殿，屋內總算安靜下來。

皇帝想快刀斬亂麻。「蘇相，你來說說吧。」

蘇相心道，這般明擺著的事，皇帝點了自己來說，只怕是想將此事這麼囫圇過去，不想再節外生枝。

「回皇上，國師所說《異聞錄》，臣亦有所聞，大千世界千奇百怪，萬事皆有可能。侯爺家幕僚沒讀過此書，認定是孟夫人藥鋪所開出的方子致人而亡，本著打抱不平之心，乃情有可原。夫人家被冤枉，心中有氣亦做出反擊，打傷了幕僚。此事依臣來看，雙方皆因誤會而起，又都付出代價，此事無須再追究，到此為止。」

皇帝看了一眼裴臨川，見他按著扶手蠢蠢欲動，忙又移開視線，飛快大聲道：「就依蘇相所說，你們都不可再鬧，否則各打五十大板！」

裴臨川卻不為所動，仍然站起身，沈著臉說道：「若徐家小娘子再出現在我面前，說要給我做妾，我還是會打他們。」

皇帝氣得別開眼，就知道這個渾小子不會那麼聽話。他看了一眼皇后，見她漲紅了臉，胸口不停上下起伏，抓住扶手的手指已隱隱發白，氣得快暈倒又在極力隱忍。

他暗自嘆了口氣，拍了拍她的手背道：「回吧，別氣著了自己。」

皇后的眼驀地一熱，用帕子捂住臉無聲哭泣。

夫君的權勢越大，後宅新鮮水靈的女人也越多，他有多久沒有跟自己這般和顏悅色說過話了？

皇帝率先走出大殿，眾人跟著魚貫而出。

蘇相酸溜溜的，斜睨老神仙一眼。瞧他得瑟的模樣，真是走了狗屎運，國師這般的寶，居然落到他家。

王相神色疲憊，看了他們兩人一眼，一言不發獨自離開。

裴臨川負手，往前大步走了幾步，見孟夷光遠遠落在後面，便又走得慢了些，邊走邊回頭看她。

孟夷光自是瞧見他臉上的不耐煩，仍不緊不慢走著，回到府裡之後，他已負手等在二門處。

「我很生氣，妳不能請那人在鋪子裡坐堂行醫。」

孟夷光斜睨了他一眼。

陸洵經受打擊，能不能回來繼續行醫還不好說。這活祖宗的氣性倒挺大，一直氣到現在，這麼熱的天，還特意等在這裡，就為了強調自己生氣，真是難為了他。

裴臨川抬起下巴，得意道：「我已知曉他家住在何處，要是他敢再來，我會找上門打斷他的腿。」

孟夷光驀地轉頭瞪著他，失聲道：「你先前晚回來，就是去跟蹤他？」

裴臨川坦然答道：「是。」

孟夷光這一天所受的氣，此時全部被點燃，血湧上腦門，怒不可遏。她左顧右盼，奔到門房抓起一根棍子，揚起手劈頭蓋臉朝他揮過去，怒道：「就跟你說過，陸洵是親戚，坐堂行醫能幫忙鋪子賺銀子！你個混蛋，我先打斷你的腿！」

裴臨川臉色一沈，緊緊抿著嘴靈活躲閃，見勢不妙拔腿就跑。

孟夷光氣急敗壞，抓著裙子緊追不放，大聲道：「有本事你別跑，給我站住！」

「有本事妳追上我。」裴臨川轉頭回嘴，怒氣沖沖地道：「我就知道妳要說銀子、銀子，成天將這些阿堵物掛在嘴上，俗！」

孟夷光累得氣喘吁吁，全身都被汗濕透，她臉頰紅撲撲的，眼裡火光四濺，氣急地將棍子用力朝他擲過去，未料，棍子被他抄手接住，還拿在手中轉動幾圈。他眼角斜著她，神情不可一世。

混蛋，阿堵物，我俗，你給我等著！

第二十五章

外面驕陽似火，裴臨川渾身被汗濕透時，總算後知後覺發現屋內冰盆裡的冰早就化成一汪水，流入底下的瓷盆裡。

他喚來阿愚加冰，阿愚去找了鄭嬤嬤，又空著手跑回來。

「國師，鄭嬤嬤說冰太貴，沒有銀子去買冰。」阿愚眨著小眼睛，抬起袖子抹去額角的汗水，想了想，說道：「夫人屋子裡擺著很多冰盆，很涼爽。」

裴臨川煩躁地扯開衣領，沈著臉道：「我知曉了，你下去吧。」

他盤腿坐在榻上，閉眼打坐，以前很快就能平心靜氣地進入忘我境界，可現今根本坐不住，只覺得衣衫黏在身上，呼吸間都似在噴火。

他起身，去書房研墨寫大字，可是才拿起墨，就深覺不對，墨的氣味刺鼻，不是原本的松煙墨。默默放下墨，摸了下紙，紙張粗糙不堪，與澄心堂的金宣紙相比，一個天上一個地下。

他黑著臉，手一揚，將紙扔得滿屋子都是。

裴臨川覺得有團火，在胸中亂竄又無處發洩。他又不傻，知曉這一切肯定是得了孟夷光吩咐。

他下巴微抬，志得意滿。

不就是銀子嗎？賺銀子又有何難！

思索片刻後，喚來阿愚與阿聾，三人出府。

到了天黑時分，幾人才蔫頭耷腦回了府。

鄭嬤嬤提著食盒進屋，拿出飯食擺在几案上，笑道：「廚房見天氣熱，做了一道槐葉冷淘，吃著倒也爽口，阿愚去廚房提食盒，連吃了好幾大碗。」

孟夷光冷著臉沒有答話，沒斷了裴臨川的飯食，她已經算得上仁慈。

鄭嬤嬤覷著她的神色，笑道：「廚娘見阿愚吃得比先前都多，怕他積食，就打趣他，說是成日也不見他做事，也不怕撐壞肚子？阿愚抽空答了句，說做事了，今日跟國師出府，餓著肚子還未用過飯。」

鄭媽媽笑意越發收不住，笑了好半晌，才拭去眼角的淚水繼續說道：「廚娘隨口問他們出去做什麼了，哎喲，妳猜他怎麼說？」

孟夷光看了她一眼，又垂眸繼續用飯。

只要他們不是出去打架生事，就萬事阿彌陀佛。

鄭嬤嬤見她神情淡淡，知她這次氣得不輕，追著裴臨川跑了半個府，連他衣角都沒有摸著，他還邊跑邊回頭挑釁。

唉，要是自己，怕也得氣死。這夫妻之間相處，平淡如水太冷清，雞飛狗跳又會太鬧心，總得適度才好。

「阿愚說他與阿聾伺候著國師，出去擺棋攤掙銀子，可這一天下來，連一個大字都沒有掙到，還被潑皮找上去，向他們收取一兩銀子的市金。阿愚說，國師生氣，親自動手將潑皮打跑了。」

這潑皮長了雙勢利眼，瞧著幾人衣著光鮮，定是非富即貴。可這三人，明顯又傻又呆，這樣的肥羊送到嘴邊，不敲詐一筆，哪對得起自己。

「這國師啊，唉……他倒聰明，去了人多處擺攤，可他去的卻是城北那片，住在那裡的都是些窮苦百姓，他擺的棋攤，是一百兩銀子一盤棋。」鄭嬤嬤豎起手指，拔高了聲音，嘖嘖嘆道：「一百兩啊，他真敢要價，可阿愚、阿聾這兩人，也沒人覺得有什麼不對。阿愚還疑惑地問廚娘，為什麼沒人跟國師下棋呢？國師肯定不會輸，很輕鬆就能賺進一百兩銀子。」

孟夷光只覺無語至極，這主僕一個呆一個傻，要不是有功夫傍身，被人騙去賣了，還能幫人數銀子。

她現今沒空理會他，陸洵那邊情形未知，銀子倒是小事，最重要的是，還是先前那場鬧劇。

皇帝雖然下令兩家都不得再鬧，可這次之後，與徐侯爺府算是徹底結了仇。依著皇后與徐侯爺記仇的性子，太子上位之後，他們絕對不會放過孟家。老神仙那邊還沒有動靜，他大概也在想法子，絕對不會坐以待斃。

可想要不坐以待斃，這背後之事，細思極恐不能多想。

孟夷光淡淡地道：「隨他們去吧，讓他們去賺大錢，正好，賺了銀子，我也能輕鬆些。」

鄭嬤嬤見孟夷光用完飯，忙遞上布巾清水，讓她擦嘴漱口。

見外面起了風，涼爽許多，孟夷光往外慢慢走動著消食。

府裡花木扶疏，曲徑通幽，湖裡清過淤泥之後，放了好些魚蝦，又栽種了荷花，正是荷葉荷花飄香時節，呼吸間，都是隱隱的香氣。

孟夷光瞧著眼前的盛景，也不再心疼銀子，辛辛苦苦賺來的錢，不就是為了痛快享受嗎？

沿著湖岸走了一程，突然水中傳來一陣響動，接著一道人影從水裡竄出來，水花四濺。

孟夷光嚇了一大跳，連連後退，身後的鄭嬤嬤也嚇得不輕，顫抖著扶住她，手中燈籠往前探照，鼓足勇氣望去，才心神安定地拍拍胸口道：「九娘，是國師。」

藉著光，孟夷光也看清水裡的人。

裴臨川頭髮貼在臉頰，白面紅唇，像是冶豔的水妖，伸手在岸邊一撐，輕盈躍上岸。

阿愚不知從哪裡竄出來，遞上衣衫。

裴臨川接過去一抖，衣衫將身子裹得嚴嚴實實，微抬著下巴道：「不讓妳看。」

孟夷光翻了個白眼，好氣又好笑，估摸著他熱得受不住，才下湖游水，都這副模樣，還死鴨子嘴硬。

裴臨川見她又慢悠悠往前走，他愣了一下，追上去說道：「我會賺銀子，明天一定能賺到。」

「好呀。」孟夷光隨意答道，見岸邊的一朵荷花開得好，倚在欄杆上伸手要去摘，手背突然輕微刺痛，她忙縮回手一看，肌膚光潔不見異常。

裴臨川輕笑起來，板著臉道：「花上有刺，還有會咬人的蟲子。」

孟夷光猛地回頭，見他手驀地往後一藏，就知道這個混蛋在搗鬼，她斜睨著他。

「你又想挨打了嗎？」

裴臨川臉上的得意更甚，不可一世道：「妳追不上我。」

孟夷光別開頭，見他那副模樣實在眼疼，花也不要了，轉身往前走去。

鄭嬤嬤見裴臨川又要跟上來，只怕兩人一言不合又會吵起來，忙對阿愚說道：「阿愚快伺候國師回去換身乾爽衣衫，穿著濕衣衫在身上，小心著涼生病。」

裴臨川斷然拒絕。「不用，等妳們走後，我還要游水，水裡涼快。等我賺到銀子買了冰，就不用再下水了。」

鄭嬤嬤不知如何說才好。這天可得熱上好一陣子，就算等到立秋，還有秋老虎。依他那賺銀子的本事，估摸著得在這水裡泡到中秋節，這可得要兩個多月呢。

孟夷光也聽到了他的話，心中無名怒火頓起，轉身冷笑道：「夏日可泡在涼水裡，我勸你現在多砍些柴火，到了寒冬臘月，你可以劈柴烤火。」

裴臨川愣住，隨即氣道：「我可以多穿些衣衫。」說完，想了想覺得不對，又補充道：「我能賺到銀子。」

孟夷光懶得搭理他，她不敢肯定他能不能多穿些衣衫禦寒，可她能肯定的是他們三傻絕對賺不到銀子。

毫無意外，翌日一大早，他們意氣風發出門，沒到晌午便垂頭喪氣回府。

阿愚在廚房裡抱怨，本來國師今日只收九十兩一盤棋，定會有人前來與他比試。可那些婦人都不害臊，聽說有比仙人還好看的郎君來擺攤，從四面八方趕來看熱鬧，將他們圍得水洩不通。甚至有那大膽的人還出言不遜，邀請國師跟著她們回家，哪需他在外風吹日曬賺銀子，她們會買新衫買花給他戴。

孟夷光自是不去干涉，只當聽笑話。

過了一晚，用過早飯之後，他們又出門。這次裴臨川用布巾蒙住臉，像是攔路搶劫的強盜，只是雄赳赳、氣昂昂甫一出門，便被皇帝差來的小黃門請進宮。

孟夷光得知消息，笑得前仰後合，肚子都疼，估摸著皇帝也實在看不下去。

太丟臉——不，這豈是丟臉，丟的是大梁的國威。

正乾殿內。

殿內冰盆充足，涼爽宜人，裴臨川坐下後，舒服得幾欲嘆氣，眼睛不停瞄往冰盆，心裡暗自盤算，同樣是銅製圓肚鼎，不知能不能抱得動。

皇上揉了揉腦門，前日就接到消息，聽說他在外擺攤賺銀子，念著他腦子異於常人，只怕是一時興起，到最後得知他一個大錢都沒有掙到時，還頗有些遺憾。

想著外面天熱，他去了一日得到教訓之後便不會再去，誰知他次日又去，還被一群婦人占了嘴上便宜，最後狼狽地逃回府。

要是傳到異邦，定會被那些蠻夷笑話，皇帝心想，不能再由著他的性子繼續胡鬧，乾脆派人守在國師府門口，待他一出門，便截住他。

先前皇帝正喝著茶，李全躬身在身邊回稟道：「國師身著寬袖深衣，臉上蒙了塊黑巾擋住半邊臉，頭上斗笠壓得低，連阿愚、阿聾也一般裝扮，尋常人倒也認不出他們的臉來。」

李全這個促狹鬼，青天白日誰做這般打扮？別說大白天，就是夜裡，這樣出去也會被人當賊給扭送到官府去。

唉，皇帝頭疼不已，裴臨川幾乎是自己看著長大。他那個先生……唉，雖說是先生，可人情世故還不如他呢。

思及此，皇帝沒好氣地問道：「缺銀子了？」

裴臨川驀地抬眼看去，眼裡迸發出亮光。

皇帝忍不住瞇起眼。「怎麼會缺銀子呢？」他笑容溫和，語氣比笑容更為柔和。「孟九娘嫁妝銀子多的是，她不給你花嗎？」

裴臨川目光一淡，緊閉著嘴不語，直覺告訴他不能回答，有關孟夷光的事都不能回答，否則她會生氣打他。

皇帝樂得哈哈大笑，一拍手道：「哎喲，還真不給你花啊！沒事，我再給你尋一門貴妾，家裡銀子比孟家還要多，以後不用看孟九娘臉色過日子。」

裴臨川霎時變了臉色，騰地站起身，生氣地道：「我不要納妾。」

皇帝笑呵呵看著，裴臨川往外衝了幾步，又回頭道：「你的妾室太多，又醜又吵，一點都不好。」

這下皇帝再也笑不出來，將手中杯子砸過去，罵道：「嘿，你個兔崽子，居然敢罵起老子來了。」

裴臨川靈活閃身躲開，還學著孟夷光，對皇帝翻了個白眼，揚長而去。

第二十六章

阿愚夜半時分，蹲守在孟夷光的院子門口，待天光微亮，院子裡僕婦丫鬟甫一起床，放低聲音開始梳洗灑掃時，他站起身活動了下腿腳，上前「咚咚」敲門。

門房婆子嚇了一跳，嘟囔著。「誰呀，這麼早？」

上前取下門閂，門才開一條縫，她就被大力推到一旁，阿愚靈活閃身擠進來，跳躍著奔往院子裡。

婆子回過神，忙提著裙子追上去，焦急喊道：「阿愚，站住，等我去給你通傳，哪能這般不守規矩？」

阿愚頭也不回，身子已繞過影壁，露出一隻手晃著手上的書信。「國師差我一定要最快將信送到夫人手上，等不及通傳。」

婆子心裡吃驚，這麼心急火燎，莫非是出了什麼大事？

可夫人吩咐過，越是大事，越要冷靜。

婆子又跑起來緊追不放，見到前面夏荷迎出來，才呼出一口氣，喘息著說道：「夏荷，阿愚說國師有急信要送給夫人，我攔都攔不住。」

夏荷對婆子擺了擺手，轉身飛快跑去追阿愚，咬牙切齒，壓低聲音道：「阿愚，你給我站住！夫人還未起床，難道你要闖進她臥房裡去嗎？」

阿愚耳朵動了動，腳步明顯慢下來，終是站在那裡，轉身為難地看著夏荷。

「半夜時，國師就差我來送信，說是緊急大事。我來時，見院子裡人都已入睡，沒有闖進來，等到現在已經很晚了。」

夏荷也焦急不安，半夜時分就差人來送信，就算天大的事也被他耽誤了大半。

夏荷瞪了他一眼，搶過他手裡的信，撩起裙子就往屋子裡跑，掀簾疾步奔進臥房，匆匆對鄭嬤嬤說道：「嬤嬤，出大事了。」

鄭嬤嬤正要訓斥夏荷，這下也臉色一變，忙跟著她進了臥房，將孟夷光輕輕推醒，強忍住擔憂道：「九娘，國師遞了信來，說是出大事了。」

大事？

孟夷光猛地翻身坐起，接過信幾下撕開封口，打開信一目十行掃完，難以置信地瞪大了眼。

鄭嬤嬤忐忑不安，小心翼翼地問道：「九娘，可是出了什麼大事？」

孟夷光雙眼噴火，又仔細看了一遍，雙手飛快將信揉成一團，用力砸得老遠。

「大事？屁大的事，他寫了封『降書』來，我還以為京城又被攻破了呢！」孟夷光氣得直拍床。

亂嚇人還不算，他那算哪門子的降書？

信裡面明明白白寫著，他不改初心，見到陸洵還是會揍他，只是認為自己說過能賺銀子，有些為時過早。他現在還未找到賺銀子的方式，以他的聰明，以後定會賺許多銀子，她不應剋扣他的用度，待他賺到大錢後，會加倍償還。

鄭嬤嬤心中大石落下，走過去將信拾起來展開看了，神色說不出的複雜，招呼著夏荷。「沒事、沒事，去打水來，伺候九娘洗漱吧。」

夏荷見狀，雖還是有些疑惑不解，聽到沒事亦放下心，走出屋子，見到門口蹲著的阿愚，頓時怒火直冒。

這個呆子就知道吃飯，連當差都當不明白！

夏荷上前一手扠腰，手指狠狠戳在他額頭上，將他戳了個仰倒，怒道：「你不是說國師有大事、急事嗎？天塌了還是房子著火了？」

阿愚穩住身子，往後撐住牆壁慢慢起身，委屈地道：「國師從宮裡出來就開始寫信，不吃不喝一直寫了很多紙，才總算寫出一封滿意的。他身子都快虛脫了，寫完信渾身被汗水浸濕，像是在湖裡泡過一般，就算攻打京城時，也沒有見他這般心煩意亂過。」

費這麼大的功夫寫信，還惹得九娘那般生氣，國師莫非也是個呆子？

夏荷愣了愣，無語望天，白了他一眼道：「好了，好了，信已送到，你快速速離開，真是看到你就來氣。」

「凶婆娘。」阿愚小聲嘀咕，見夏荷揚手要打，身子靈活躲閃，一溜煙逃得飛快。

夏荷雙手扠腰，狠狠朝著他背影啐了一口，去打了水來伺候孟夷光洗漱，鄭嬤嬤也從廚房提了食盒進屋。

廚娘將鮮藕切成細丁，加蓮子與粳米，小火熬成玉井粥，上面用荷葉蓋著，揭開時鮮香撲鼻，又清淡又美味。

這個時節蓮子還少，廚娘得到一些新鮮蓮子全部拿來熬一小缽粥。

孟夷光吃了一碗，正要再去盛時，夏荷掀簾進來說道：「國師來了。」

孟夷光霎時對玉井粥失去興趣，朝鄭嬤嬤擺了擺手。「不用盛，沒了胃口。」

鄭嬤嬤放下碗，心裡直抱怨：國師真是，讓人吃飯都吃不安生。

裴臨川掀簾走進屋子，孟夷光不耐煩地斜睨過去，霎時呆住，他這是病了？

他身上向來整潔的深衣，此時皺巴巴掛在身上，頭髮凌亂，木釵斜在一旁搖搖欲墜。

裴臨川慘白著一張臉，眼下一片青影，眼眶深凹，清澈的眸中布滿迷茫，挪動著腳步走到她跟前，煞白的嘴唇抿了又抿，開口時聲音嘶啞。「我連夜寫了降書。」

他不提還好，本來孟夷光憐他生病不欲與他計較，此時火冒三丈，瞪著他道：「你那叫降書？我還以為你寫的是戰書呢。」

裴臨川默然，片刻後問道：「那該怎麼寫？」

孟夷光一窒，滿腔怒氣瞬間被戳破，以他世外奇人的腦子，能寫出凡夫俗子看了不打人的降書，那無異於天降大錢。

「我寫了很多遍，紙張粗糙不吸墨，墨也很臭。」裴臨川看著她，關切地問道：「有臭到妳嗎？」

怎麼覺得他在嘲笑她呢？

孟夷光瞪了他一眼，不悅地道：「上好的筆墨紙硯可要花很多銀子，你自己賺銀子去買啊。」

裴臨川垂下眼眸，肩膀也垮下來，神情落寞。「我精通琴棋書畫，讀過的書過目不忘，五行相術周易八卦，天文曆法算學無一不精，可我就是賺不到銀子。」

他這不是賺不到銀子，他是根本沒拿銀子當一回事，學了一身本領，可獨獨沒有柴米油鹽醬醋茶。

孟夷光心下嘆息，他生來就是做大事之人，哪能困囿於這些過日子的瑣碎煩事。

「我不喜陸洵。先生教我要聽自己心中所想，摒除雜念，才能成就大業。」裴臨川閉了閉眼睛，神情疲憊至極。「賺銀子，我不是想買冰，買筆墨紙硯，我想全部都給妳。因為妳總是提到銀子，眼睛會發光，像是我見到妳一樣，滿心歡喜。」

孟夷光別開頭，臉頰微燙，羞愧又酸澀難言。默然半晌，她終是說道：「你回去吧，洗漱後好好歇一覺。」

「走不動啦。」他拖著腿在她對面坐下，盯著几案上的飯食，可憐巴巴道：「我從昨日起就未用飯，餓。」

見他神情憔悴，餓得說話都乏力，孟夷光心一軟，對鄭嬤嬤道：「再去拿些吃食碗筷來。」

鄭嬤嬤忙應下，掀簾走去廚房，裴臨川迫不及待伸手將那碗玉井粥拖到自己面前，又從她面前抓起湯匙，孟夷光還未回過神，他已埋頭苦吃起來。

「哎哎哎。」孟夷光哭笑不得，忙阻攔道：「這是我用過的碗筷。」

「無礙。」裴臨川頭都不抬，一碗玉井粥很快見了底，看著她道：「還要吃。」

「沒了，就剩這麼一碗。」

裴臨川頗為遺憾，又揀了些蝦仁蒸餃吃了。

鄭嬤嬤提著食盒碗筷進來，見他已經在用飯，愣了下後，忍不住笑意滿面。

如國師這般喜潔之人，居然用九娘用過的碗筷，吃她剩下的飯食，就算是老神仙，那般寵著讓著老夫人，也沒有見他做到如此地步。

鄭嬤嬤忙將食盒裡的飯食拿出來擺放好，想著他能吃，便從廚房多拿一些，琳琅滿目擺滿一几案，將新拿的碗筷放在孟夷光面前，勸說道：「九娘，妳也再吃一些。」

孟夷光火氣散去，也覺得還有些餓，就著香油筍丁又吃了半碗小米粥。她放下碗筷，發現裴臨川正一瞬不瞬看著自己，不解問道：「又怎麼了？」

他渾身散發出濃濃的喜意，聲音輕快。「這是我們初次同案而食。」

孟夷光心中百般滋味，他性情如稚子般從不掩飾自己的喜怒哀樂，這份真真切切的喜意，讓她鼻子直發酸。

算了，跟他計較什麼呢？

鄭嬤嬤又遞上溫水，讓他們漱了口。

孟夷光溫言勸他道：「快回去洗漱好好歇一覺。」又吩咐鄭嬤嬤。「讓阿愚搬些冰去他院子。」

裴臨川站起來，抬起袖子擋住臉，打了個大大的哈欠，走去軟榻邊躺下來，臉頰在軟墊上還蹭了蹭，緩緩閉上眼睛。「不回去，就在這裡睡。」

不過瞬息間，他已發出輕微的鼾聲，想必是已累到極點。

孟夷光無奈，只好隨他去。不過，屋裡擺滿冰盆，就這麼睡著恐會著涼。

「去拿床被褥給他蓋上。」孟夷光壓低聲音道。

鄭嬤嬤輕手輕腳，拿錦被細心替他蓋好，並小心收拾好碗碟放進食盒，生怕吵到他。

兩人這才走出屋子，讓他一人在屋內安睡。

鄭嬤嬤微笑著勸道：「九娘，妳就別再跟他計較，這世間啊，哪有十全十美之事，那十全好人才更為可怕。」

孟夷光輕笑，又深深嘆了口氣。「人無完人，可與眾不同，總會吃足苦頭，得試著妥協一些。」

她抬眼望著碧藍如洗的天際，日光刺目，光影中有微塵在飛舞，喃喃道：「和光同塵，我亦不知是對是錯。」

第二十七章

裴臨川這一睡，直睡到了近天黑時分。

孟七郎午後陪著陸洵來府裡，他一來就迫不及待去看自己的寶貝磨喝樂，孟夷光招呼陸洵在花廳裡喝茶。

陸洵輕減許多，原本溫和的人，此刻像是出鞘的利刃，隱隱散發出狠戾之氣。

陸洵微微頷首，語帶歉意地道：「九妹妹，對不起，我醫術不精，實在無臉再替人治病施藥。」

孟夷光雖早已預料到結果，此時聽到還是頗為遺憾，不過他的痛苦，她無法替他承受，亦不再勸說。

「是我考慮不周，給你惹來麻煩，該道歉的是我。不知今後你有何打算，有我能幫得上的地方，莫跟我客氣。」

陸洵微微沈吟後道：「阿娘身子經過調理之後，已經好了許多，京城有姨母在，可陪著她說說話。」他抬起頭，目光如刀鋒般銳利，沈聲道：「我不服，打從五歲識字起就開始習醫，識藥、辨藥，斷不會讓陸家的醫術毀在我手上。我打算再苦讀醫書，尋遍世間的疑難雜症。」
孟夷光聽得極為專注認真，思索片刻後說道：「聖人曾言授黃公之術，洞明醫道，我不懂醫，卻亦知洞明二字看似尋常，可醫者要達到這般境界，耗費的心血不知凡幾。書上固有無數的雜症記載，真正的雜症，卻在病人身上，先人也是經過無數的試錯，才留下治病的方針。多做多錯，不做，才永不會出錯。」
陸洵明顯愣了愣，他垂下頭，再抬起頭時，眼神已是一片清明，自嘲道：「倒是我鑽了牛角尖，還沒有妳看得清楚。」他叉手施禮。「多謝九妹妹點撥。」
孟夷光忙還禮，微笑道：「我也只是嘴上說說，真正吃苦受累的還是你。」
「九妹妹是真正聰慧之人，我遠遠不及。」陸洵認真打量著她。「以前是嬌憨，成親後才是真正的通透。」
孟夷光頓了頓，淡笑道：「都已嫁人成家，總得有些長進。」
陸洵笑了笑沒有再說話，低頭喝著茶，略坐了一會兒，孟七郎總算看夠他的寶貝，也來到花廳，幾人又說了一會兒話，便起身告辭。
阿愚的身影在花廳前一閃而過，陸洵停頓了下，未曾說話又繼續往外走。
孟夷光也瞧見阿愚，心下惱怒，怕他惹事，乾脆將他們送到二門外。
陸洵先上了馬車，孟七郎站在馬車邊，小聲向孟夷光問道：「沒事吧？國師去擺攤傳得沸沸揚揚，阿娘擔心得不得了，老神仙卻說無事，讓家裡人不要管，妳能治得了他。」

孟夷光笑道：「沒事，你回去跟阿娘說，讓她且放心。」

孟七郎見她神色如常，這才放心上了馬車離去。

孟夷光霎時沈下臉，怒喝道：「阿愚，你給我滾出來！」

片刻之後，阿愚從廊簷躍下，耷拉著腦袋站在她面前。

孟夷光瞪著他罵道：「你主子不在，你卻來守著了，誰給你的狗膽！」

阿愚眨巴著小眼睛，身子緊繃，像是隨時要拔腿而逃，小聲道：「國師在歇息，我得替他守著，先前他吩咐過，不能讓人搶走妳。」

孟夷光氣極而笑，自己又不是香餑餑，誰見了就要上來搶嗎？

「國師說，妳比他卜卦的龜殼還要重要，得守著不被狗叼走。」

被拿來與龜殼比，還比龜殼重要，孟夷光一時不知是該高興還是該生氣。

「滾，以後有客人上門，你再敢偷看，我打斷你的狗腿！」

阿愚鬆了口氣，拔腿跑得飛快。

孟夷光白了他一眼，這幾個傻蛋，真是多看一眼都眼疼。

夜色漸漸降臨，屋子裡暗下來，孟夷光怕吵著裴臨川，只讓鄭嬤嬤點了盞八角小燈籠掛在屋角。

裴臨川甫一醒來睜開眼，那盞溫暖的燈便映入眼簾。

手指動了動，手下是觸感細膩的錦緞，絲絲荷花清甜的香味鑽進鼻尖，接著是廊下輕聲走動的腳步聲。

有人撩起門簾進屋，他順勢看去，孟夷光一身素淡藕荷色衫裙，濃密的烏髮鬆鬆地綰了個髮髻垂在腦後，只插了一支精巧的蝴蝶釵，隨著她的走動，蝴蝶晃動像是要展翅飛去。

肌膚雪白細膩，在淡淡的光中，像是蒙上一層珠光，光澤溫潤。

如同尋常，她眉目溫婉，臉上總是帶著隱約笑意，可他知道，她會生氣會打人，很凶很凶。

孟夷光朝他走去，見到他睜眼看著她，愣了一下又笑了笑，輕聲細語說道：「醒了？」

裴臨川吞了口口水，聲音慵懶。「嗯。」

他將錦被拉高了些蓋住自己的頭，甕聲甕氣地道：「妳很好看，我這樣不好看。」

孟夷光失笑，忙道：「好好好，我先不看你，你快些起來，再睡下去，夜裡該睡不著。」

鄭嬤嬤在屋子裡又點了幾盞燈，等兩人走出屋子，裴臨川才拉開被褥，深深吐出口氣，臉上浮上笑意，接著笑意越來越濃。他翻身坐起來，理了理髮絲衣衫，才揚聲道：「好了，妳進來吧。」

孟夷光掀簾走進來，見他笑容滿面，不由得也跟著他笑，說道：「快回去梳洗，晚上廚房有你愛吃的蜜汁蓮藕。」

裴臨川搖搖頭，耍賴道：「要在妳這裡洗漱，與妳一起用飯。」

孟夷光見他坐得直直的，神情堅定，怎麼都不肯走的模樣，無奈道：「那你快去淨房，我差人送熱水來給你。」

裴臨川這才露出滿意的神情，乖乖聽話去了淨房。洗漱完出來，又恢復了先前清雋模樣，不再似生病般無精打采。

几案上已經擺滿吃食，裴臨川走過去坐下，將那碟蜜汁蓮藕拿起來放在她面前。「妳先吃，吃不完的我再吃。」

孟夷光愣了下，笑道：「不過是一碟蓮藕，你吃吧，不夠再讓廚房做便是。」

裴臨川固執地道：「妳先吃，妳還喜歡哪些菜？妳喜歡的菜，都要等妳先吃後我再吃。阿娘以前也是這樣待我，對心裡想護著的人，萬事皆要將他放在前面。」

孟夷光的心像是被用力揪住，酸軟發疼，他的神情太過認真炙熱，毫無保留不懂掩飾，用他懂得的全部，以最至誠的心待她。

她垂下眼簾，掩去眼裡的情緒，挾了一塊藕吃了，又略吃了些菜，便停下筷子，微笑著道：「你也吃吧，不然飯菜都涼了。」

裴臨川這才拿起筷子，挾起她吃過的那幾道菜，眼角眉梢都是笑意。「好似比先前的又香甜些，廚娘做菜的本事越發厲害了嗎？」

孟夷光抿嘴低頭笑，他的喜悅太濃，讓他覺得那些菜，吃到嘴裡真比先前美味許多。

兩人用完飯，她習慣性會去散步消食，今天他也要跟著去，負手走在她身邊，一會兒看天邊的明月，一會兒側頭看向她。

他的眼神太過閃亮，直看得她心跳莫名，嬌嗔道：「不看路，你看我做甚？」

裴臨川用手指了指月亮，又指了指她的臉。「妳比月亮還要好看。」

孟夷光的臉又紅又燙，斜睨了他一眼，慌亂道：「胡說八道。」

裴臨川極為認真地反駁。「我從不說謊。妳教我怎麼賺銀子好不好？擺攤時有人對我說，要買花給我戴，我也想賺銀子買花給妳戴。」

孟夷光輕笑出聲，他去擺攤也不是沒有學到本事，知道要買花給女人戴。

不過他能主動提出賺銀子，不再嫌棄銀子是阿堵物，這個轉變甚合她意。

「讓我想想啊，你會琴棋書畫，琴與棋，須得拋頭露面去賣藝，這個不行，皇上也不會允許。就書畫吧，阿娘有間書齋，你可以畫出來到她鋪子去寄賣。」

裴臨川眼睛一亮，喜道：「那好，我馬上去寫字畫畫，多寫多畫些，賺許多銀子，全部都給妳。」

孟夷光既欣慰又想笑，見他迫不及待的樣子，恨不得不吃不喝畫一堆出來，忙說道：「你別急，畫多了可不值錢，物以稀為貴呀。」

裴臨川思索片刻後道：「那我慢慢畫，年後有春闈，讀書人多，看的人亦多，是不是會賣更多的銀子？」

孟夷光嘆息，他的腦子不是一般聰明，稍加點撥就一通百通。先前雖然擺攤不可靠，要不是皇帝阻攔，說不定真有人會聞風前去找他下棋，依著他的本事定會一戰揚名，成為棋藝大師。

「嗯，能讀得起書，考中舉人又來到京城考進士的，家裡都不會太窮。考學要拜座師，結交好友，送字畫最為雅……」

孟夷光一邊走，一邊跟他小聲說著這些人情交際，裴臨川聽得時而皺眉，時而瞪大眼，表情豐富極了，看得她一直笑個不停。

不知不覺就走了很久，還是鄭嬤嬤提醒時辰已晚，兩人才往回走，他將她送回屋，才依依不捨回了自己的院子。

七巧節，京城格外熱鬧，親朋好友間相互邀請著吃酒席玩樂，搭建彩樓擺著磨喝樂、瓜果、點心、酒水。孩子們唸詩，婦人們穿針引線乞巧。

孟夷光天天出門喝酒，裴臨川只陪她回孟府，一場酒席下來，他已神思恍惚，次日便有些發熱身子不適，她便沒有再讓他跟去其他人家，好說歹說勸他留在府裡。

七月初七這日，輪到府裡請喝酒，她天未亮就起床忙碌，孟季年、孟七郎和崔氏也一早上門來，幫著她招呼客人。

裴臨川雖吃了藥，身子卻一直未見好轉，慘白著一張臉，還是出來露了個面，才回屋去歇息。

熱熱鬧鬧一整日，待客人散去，孟夷光已累得虛脫，半靠在軟榻上一動不動。春鵑提來熱水放去淨房，孟夷光掙扎著正要去洗漱時，裴臨川來了，見她神色疲憊，眼神中有掩飾不住的擔憂，上前給她認真號了許久的脈，確認無大礙才鬆了口氣。

孟夷光洗漱出來，見裴臨川還坐在軟榻上，垂著眼簾似乎在思索什麼，走過去問道：「怎麼了，你的身子好些了嗎？」

裴臨川抬起頭，臉色慘白神情悲哀，啞聲道：「對不起，我沒能幫妳，才讓妳這麼累。」

孟夷光心裡軟成一團，他這些時日在努力畫畫寫字，一遍遍地寫，一遍遍地畫，想做出最滿意的作品，賣出好價錢後買花給她戴。

孟府廣宴賓客，人多嘴雜，就算不喜那人，他也只是忍著一言不發。

他一直在用自己最大的努力對她好，對她的親人好。

孟夷光溫聲道：「你已做得很好，十郎喜歡你，七哥也喜歡你做給他的磨喝樂，連阿爹都誇你了。」

裴臨川這才露出一絲笑意，招呼著她在身邊坐下，再次給她診脈，久久都沒有放開她的手，喃喃道：「好奇怪，為什麼我總覺得分辨不出脈象？」

他眉頭緊緊皺成一團，神情痛苦至極，額角的汗水如雨般滴落，嘴裡「噗」一聲，鮮血噴了孟夷光一頭一臉，他亦軟軟倒向了她。

第二十八章

天不知何時下起了雨，伴隨著電閃雷鳴，雨越下越大，沿著瓦當連成一條白鍊，墜入溝渠中。

屋子外響聲震天，屋內卻鴉雀無聲，氣息凝滯。

孟夷光呆坐在床邊的圈椅上，臉上的血跡胡亂擦拭過，只留下淡淡的紅痕，藕荷色衣衫上的血跡已乾涸，像是斑駁的鏽跡，呼吸間，仍能聞到絲絲血腥味。

她怔怔看著躺在床上的裴臨川，他閉著雙眼眉目安寧，臉色蠟黃生機全無，只餘微弱跳動的脈搏，能表明他還活著。

明明先前他還眼含擔憂，關心著自己的身子，一次次給她診脈，不過瞬息間，他就那麼毫無徵兆倒向她。

太醫正衣背汗濕，又施了一次針，待最後一根針取下之後，裴臨川還是如先前般毫無醒轉跡象。

太醫正抹去額角的汗，語帶歉意地道：「夫人，恕在下無能，實在是已盡全力，國師的脈象中無任何中毒的跡象，亦找不到他突然吐血的緣由。現今國師失血過多，只能先開一帖補血的藥，試著補血益氣，且等著他能不能自己醒過來。」

孟夷光回過神，轉頭看著蹲在角落裡的阿愚，抿了抿乾涸的嘴唇，問道：「阿愚，上次國師吐血時，你是否在旁？」

阿愚雙眼通紅，聲音沙啞道：「上次我與阿壟都在旁，國師擺陣法，他挪來挪去，我們也看不懂，就見到他越發煩躁，似乎總不滿意，沒一會兒後就吐了血。我們嚇得要去尋妳，他卻攔著我們，自己把了脈後說無礙，妳膽子小，讓我們別嚇到妳。」

太醫正聽後神情越發肅穆，說道：「夫人生藥鋪子前鬧事之事，我也有所聞，按理說國師醫術高明，他說無事，定不會是中毒，估摸著其他尋常人亦難診出他的病症。」

孟夷光的心一點一點沈下去，可現在她一定不能亂，定了定神，頷首以示謝意。「有勞太醫正，鄭嬤嬤與阿壟隨大人去開藥方抓藥。」

太醫正實在無計可施，嘆息著下去開藥方。鄭嬤嬤與阿壟忙跟了出去，房內又陷入死一般的靜謐。

鄭嬤嬤與阿壟熬好藥端進來，她上前低聲道：「我與阿壟親自去抓的藥，一步不離親手熬好端來，未經過他人之手。」

孟夷光點了點頭，阿愚上前扶起裴臨川的頭，阿壟拿著羹匙舀了藥遞到他嘴邊，他雙唇緊閉無任何反應。

阿龔急了，將藥遞給阿愚，自己用手捏著裴臨川的下巴，迫使他張開嘴，阿龔重又舀了藥餵進去，鬆開手後，藥從他嘴角溢出，流得滿身都是。

阿龔忙回頭看著孟夷光，難過地道：「夫人，國師不肯吃，他平時也最不喜吃苦藥。」

孟夷光也擔憂不已，要是一直不吃不喝，就算是正常人，也熬不下去，她沈吟片刻後道：「去拿蜜水來，餵藥後再餵他一些蜜水。」

鄭嬤嬤匆忙去拿蜜水，阿龔又餵了藥之後，再餵他一匙蜜水，裴臨川還是如先前一般，吐得一乾二淨。

孟夷光的心沈到谷底，卻束手無策，阿龔與阿愚乾脆抱著頭，蹲在角落默默流淚。

裴臨川原本沾著血跡的衣衫上都是藥汁，想著他喜潔，她用力掐了掐手心，厲聲道：「阿愚、阿龔，現在還不是哭的時候，你們都給我起來，替國師擦洗身子，換上乾淨衣衫。春鵑，妳去拿新被褥來，將床鋪全部換掉。」

阿愚和阿龔抹掉淚水站起身，大家自去忙碌。鄭嬤嬤她們也不敢歇著，忙著打水替他換衫擦洗，換上新被褥和枕頭，撤去屋裡的香爐，採了新鮮的荷花插在圓肚瓷瓶裡。

夏荷見孟夷光始終坐在那裡盯著裴臨川，關心地道：「九娘，我打了些水來，妳先去洗漱歇息一陣子，這裡有我們守著。」

裴臨川要是一直醒不過來，後面還有無數的大事要面對，現在她絕不能先倒下。

孟夷光閉了閉眼，手撐在圈椅扶手上站起來，腿一軟踉蹌幾步。夏荷忙上前扶住了她，去淨房伺候她洗漱。

孟夷光強撐著疲憊的身子，從淨房出來後，坐在貴妃軟榻上，喚來阿愚道：「你與阿壟輪著歇息一會兒，然後去宮門口守著，待宮門一開就進去求見皇上，將國師之事原原本本、一字不漏稟告他。」

此事瞞不住，依皇上對裴臨川的看重，要是一直瞞著不報，若他能醒轉還好；要是不醒——對她，甚至於孟家，將會是滅頂之災。

阿愚、阿壟點頭應下，卻不肯離開裴臨川半步，蹲在他床腳和衣而臥。

孟夷光也不勉強，又低聲吩咐鄭嬤嬤。「嬤嬤，待天亮之後，妳親自回孟家，將此事告知老神仙，讓他心裡有數，得有些準備。阿爹、阿娘那裡就別再提，他們藏不住事，知曉了也是白擔憂，人多嘴雜，總得防著一些。」

府裡下人除了阿愚、阿壟，都是孟夷光的陪房，可現在容不得一絲閃失，她還是仔細囑咐道：「府裡要外鬆內緊，門房那些地方尤其不能鬆，誰敢亂走動、亂傳話，抓起來先關著，以後再慢慢收拾。我就歇在這裡，妳們也不用值夜，下去好好睡一覺，歇息好了才有力氣做事，後面的事……」

孟夷光沒有再說下去，鄭嬤嬤心裡也明白，一顆心一直提在嗓子眼。

就算裴臨川是位高權重的國師，是皇上最器重之人，可他性子單純，她也從未怕過他；現今他病倒在床，她才驀然發覺，他如一座山，轟然倒塌，不知會將多少人壓在下面，永世不得翻身。

鄭嬤嬤忍不住打了個冷顫，她見孟夷光雖然神色疲憊不堪，卻仍沈著冷靜，一件件事有條不紊地吩咐下來，讓她的心也安定不少，強穩住心神，招呼著春鵑她們下去歇息。

阿愚悄無聲息地進了宮，鄭嬤嬤也回了孟府。

孟夷光迷迷糊糊睡了一覺，醒來後全身痠疼不已，卻先去裴臨川的床前看了看，他仍舊一動不動地沈睡著，阿壟拿著濕布巾，在替他擦拭手臉。

她沈默地站了一陣子，再去淨房洗漱，待她出來，阿壟已擦拭完，阿愚與鄭嬤嬤也回來了。

「皇上那邊可有什麼話？」

「皇上沒說什麼，只說讓我回來守著國師。」

孟夷光愣了愣，心中不安更甚，可又只能耐心等待。

鄭嬤嬤上前道：「九娘，先去用飯吧，太醫正一會兒要過來，老神仙說先進宮見皇上，出宮後會直接來府裡。」

雨一直淅淅瀝瀝下個不停，庭院中青石地面積起的水，已漫過腳面。

孟夷光站在廊簷下，看著陰沈沈的天，心裡更為沈重，強忍著不動聲色，先去用早飯。

她不過才吃了小半碗粥，皇上的親衛身佩刀劍，無聲無息湧進來，將府裡上下圍得密不透風。

裴臨川躺著的屋子前後，除了親衛鎮守，房頂上還伏著黑衣衛，架著重弩對準屋子。

除了阿愚和阿壟，其餘人全部被趕出院子，連孟夷光亦不能再踏進院門一步。

皇上身著常服，太醫正與幾名太醫跟在身後，神情緊張如臨大敵，匆匆走進屋子。

良久之後，孟夷光也被李全叫進去。

太醫們都跪趴在地，皇上面無表情坐在床沿，見孟夷光進來，揮手斥退屋裡的人。

孟夷光忍住心中驚惶，上前叩首跪拜施禮。

皇上只冷眼瞧著並不叫她起來，語氣輕鬆像是話家常般道：「孟九娘，妳與阿川也成親了一段時日，妳覺得，他怎麼樣啊？」

孟夷光後背發涼，掩在袖子裡的手指緊摳著青石地面，恭敬地答道：「回皇上，國師他很好，至純至善，是我沒有照看好他，都是我的錯。」

「孟九娘，妳很會說話，跟京城權貴人家費盡心思教養大的小娘子一樣，先學說話，再學做人。」

皇上聲音平靜，卻如屋外的驚雷，句句劈在她心上，他越發平淡，她越發害怕。

「阿川怎麼會好呢？他不懂人情世故，不懂怎麼說話，身無長物，府裡破破爛爛。我進來時瞧見了，妳將府裡打理得很好，這些花了妳不少嫁妝銀子吧？我曾對阿川說，孟家有的是銀子，孟家肯定會給她豐厚的陪嫁，你媳婦的也是你的，以後你不會缺銀子花。唉，都是我的錯，孟家小娘子有的，是她的嫁妝，怎麼肯給一個傻子花呢？」

皇上停頓片刻，笑了笑。「在鄉間，有那走鄉串戶耍猴的藝人，給猴子一點吃食，猴子得賣力逗笑，給他賺大錢，不聽話就用鞭子抽。久而久之，只要耍猴人手一動，猴子就自發露著屁股惹人發笑。」

孟夷光跪在地上，神魂俱裂，皇上的話語中透著濃濃的殺意。

皇上覺得，她拿裴臨川當猴在耍，先前他為她的鋪子強出頭，去擺棋攤賺銀子，這些都在他病倒之後成了懸在她頭上的一把刀。

「都是我的錯，我不該將妳賜婚給阿川。孟家幾百年的清貴之家，自是八面玲瓏。孟相更是其中翹楚，他將妳教得很好，孟家一門上下，全都是聰明人。阿川這麼一個傻子，聰明人怎麼會看得上呢？」
孟夷光此時手撐著地，緩緩挺直脊背，抬眼看向皇上，不卑不亢地道：「自從賜婚起，家人一直替我擔憂，怕我受委屈，只因為我是孟家女兒。祖父曾無數次說，無論我們長多大，在他的眼裡，始終是那個需要父母親人護著的孩子。祖父也曾對我說，國師性情與常人不同，我得多擔待。

「我生性愚鈍，更是俗人中的俗人，貪圖享受，努力賺銀子，只為了過得好一些。所以拿出嫁妝銀子來，修整原本破爛不堪的國師府，國師也能住得更為舒坦。

「祖父自入相以來，他最常提在嘴邊的話是不能魚肉百姓，他對百姓心懷憐憫，國師是他的孫女婿，又豈會因國師的與眾不同而嫌棄他？」

皇上臉色漸沈，冷漠看著孟夷光，她卻不再懼怕，深呼出一口氣，微微笑道：「國師喜歡孟家人，就因為他性情如同稚子般純善，能體會到誰真正待他好。他從不說謊，不願意之事，誰也不能強迫他，所以他才會站出來替我出頭。去擺棋攤賺銀子，他覺得我對他好，他願投之以瓊瑤，報之以瓊琚。」

砰！

一個杯子砸在她身邊，碎片四濺，有一片扎進她的手背，刺痛傳來，倒讓她清醒些許。

「好一個對他好！」皇上神情狠戾，咬牙切齒地道：「對他好，就讓他出來丟人現眼？讓他不思進取？江南道受水患之災，京郊大雨山石坍塌，他卻從未出言示警，將心思都用在為妳賺銀子，討妳歡心上！」

孟夷光心下大駭，國師於皇上，是國之重器，他無法卜算出災害，這可是為孟家帶來滅頂之災的禍根。

皇上站起身，負手狠聲道：「阿川醒過來便好，要是醒不過來，我要滅妳孟氏滿門！」

皇上怒沖沖大步走出去，親衛進來冷聲道：「孟夫人，請。」

孟夷光慢慢站起來，看了一眼沈睡的裴臨川，轉身往外走，被親衛關進客院。

鄭嬤嬤她們也被送到這裡，見孟夷光來後，忙圍過來，神情忐忑不安又驚恐。

孟夷光強笑道：「沒事，妳們都下去吧，記得別亂走動，等過去了就好。」

鄭嬤嬤這時見孟夷光手背血流不止，慌亂抓起她的手，這一晚受的委屈驚嚇，此時瞬間崩潰，眼淚再也止不住。

孟夷光看了眼自己的手背，笑道：「嬤嬤別哭，我都沒覺得痛。春鵑，妳去打些清水，我洗洗手。」

「我去找看門的人，反正太醫在府裡，我們又不是犯人，難道還不許我們看病治傷嗎？」鄭嬤嬤恨恨說完就要往外走。

孟夷光忙拉住她。「嬤嬤別去，國師還重病不起，我這點小傷就要煩勞太醫，沒得讓人再給我記一筆嬌氣張狂。」

孟家人已被皇上記恨在心，這裡的一舉一動定會傳進他耳裡，此刻沒有必要節外生枝。

鄭嬤嬤停下腳步，傷心抹淚，夏荷也跟著哭道：「國師生病，與我們又有什麼關係？我們哪裡待國師不好了，又不是我們害了他。」

「夏荷！」孟夷光沈下臉道：「府裡四下都是皇上的人，不能再如以前般，說話之前腦子得多想想，什麼能說，什麼不能說。」

夏荷見孟夷光動怒，瑟縮了一下不敢再言，只是低頭流淚。

春鵑打水進了屋，拿布巾替她清洗淨手。孟夷光靠在軟榻上，疲憊地擺擺手。「妳們下去吧，我自己歇息一會兒。」

屋裡的人退出去，孟夷光再也撐不住，軟軟倒在榻几上無法動彈。

先前皇上渾身濃烈的殺意，讓她以為難逃一死，最後她提及裴臨川，他的殺意漸漸退去，才讓她逃過這一劫。

要是裴臨川不能醒轉，就算她說破了嘴，皇上仍然會殺了她給他陪葬。

可是，裴臨川，你究竟要如何才能夠醒過來？

府裡被重兵包圍，無人能進出，除了皇上每日會來，就剩下太醫們住在府裡，沒日沒夜商議著施針下藥。

可裴臨川非但沒有好轉，臉色一點一點灰敗，脈象更是弱到幾乎摸不著，已奄奄一息。

客院裡，先前還能送進來新鮮吃食，隨著裴臨川病情加重，她們這裡別說新鮮吃食，連飯菜都見不著，一日只有幾個冷饅頭果腹充饑。

鄭嬤嬤拿著幾個饅頭進屋，心裡說不出的難受，面上卻仍盡力笑道：「今兒的饅頭還算暖，九娘趁熱吃。」

孟夷光神情淡然，這些日子被關在這裡，經過了最初的驚慌失措，到如今的坦然面對，不管是福是禍，總不能一直擔心受怕，先把自己活活折磨死。

她也想了許多，回想起與裴臨川成親以後的點點滴滴，其實皇上說得不算錯，是她改變了裴臨川。

自從他第一次吐血起，他不在意，她也就忽略過去，未曾放在心上。

興許是她性情疏離，從未真正拿這門親事當一回事，對他真誠以待。

他的種種改變都有跡可循，他曾無數次說過要心無旁騖，才能成就大業。她只是隨意聽過，從未思索過其中深意。

她拿起一個饅頭掰開，見中間有張小紙團，微微愣怔後面不改色，將紙團藏在袖中，指著面前剩下的饅頭道：「嬤嬤，妳拿去與春鵑她們分了吧，我吃這一個已足夠。」

鄭嬤嬤也不客氣，畢竟做事之人得先吃飽，吃飽了才有力氣做事。於是她拿饅頭出去與春鵑她們一起分食完，又打了些水來伺候孟夷光漱口。

孟夷光吃完饅頭，漱口之後去了淨房，拿出紙團打開來一看，上面是老神仙書寫的簪花小楷。

上面簡單寫著孟府一切都好，勿念，外面有人被指使出來鬧事，皇上殺雞儆猴，滅了兩家，現在已無人敢出頭。

她鬆了口氣，將紙團撕碎，扔進茅廁裡，稍微整理洗漱後出了淨房。

鄭嬤嬤上前給她沏茶，壓低聲音道：「廚房裡的人也不能出府，廚房採買都由夥計送到角門，由丫鬟婆子前去取，送貨的夥計可信，九娘可有消息要遞出去？」

孟夷光靜默半晌，低聲問道：「國師那邊現今情形如何？」

鄭嬤嬤心下難過，輕嘆道：「府裡只有阿愚、阿壟能隨意走動，灑掃的粗使婆子藉機跟我說了句，阿壟、阿愚他們，一天比一天憔悴，只怕……」

她沒有再說下去，孟夷光心下大慟，抬起頭看向窗外，這些時日總是下雨，稍微停歇後又下個不停。

現在外面又下起濛濛細雨，伴隨著風，桂花樹嘩嘩作響，像是在嗚咽哭泣。

裴臨川曾抱怨說，為什麼府裡種這麼多桂花樹，桂花香氣太濃，太香過猶不及。她笑著回他，桂花拿來做成桂花蜜，最香甜可口不過。

他立即開心雀躍道：「那我幫妳採，桂花細小，須得花工夫，妳採，會累著妳。」

已臨近中秋，桂花即將開放，他卻等不到花開，等不到新做的桂花蜜。

孟夷光搖搖頭，低聲對鄭嬤嬤道：「嬤嬤，這一場大劫難，國師能避過，我們亦能無恙；國師不能避過，我們亦難辭其咎。罪責不會追究到妳們身上，我的銀子地契，妳都知在何處，妳們幾人的身契，我都還給妳們，那些銀子妳拿去與春鵑她們分了，互相照看著，財不要外露，去尋個清靜之地，好好過日子。」

鄭嬤嬤悲從中來，哭得傷心欲絕，孟夷光卻眼睛乾乾的，怎麼都哭不出來。

晚間風雨越發急，樹葉被狂風吹得四下搖晃，孟夷光心神不寧，在床上翻來覆去很久才睡著。

閉上眼不久，屋外響起陣陣沈悶的腳步聲，門被推開，風捲進屋子，吹得几案上的書啪嗒掉地。

孟夷光猛地翻身坐起，心怦怦跳個不停，她按壓住胸口，用力使自己鎮定下來。

屋子裡燈逐漸被點亮，沈默高壯的男人吹滅火絨，隱身在暗處。

在她床前，站著一個頭髮鬍子亂成一團的老頭，渾身髒兮兮沾滿泥漿，清瘦皺巴巴的一張臉看不出年歲，眼睛卻亮得出奇，正側頭好奇打量著她。

「妳是誰？」

孟夷光心裡一驚，按捺住懼意說道：「老先生，可否容我先穿上衣衫？」

老頭眨了眨眼，說道：「妳還沒有阿川好看，又沒什麼可看的。算了，穿吧，妳得穿快點，我不想等。」

阿川，難道他就是裴臨川的先生？

孟夷光心中微動，飛快拿起床腳的外衫穿上，下床屈膝施禮，恭敬指著窗邊的矮榻道：「先生請這邊坐，先生可是國師的先生？」

「是我。」老頭走到矮榻坐下，仍舊鍥而不捨問道：「妳是誰？」

她眼眸微垂，答道：「我是國師的妻子，孟家九娘孟夷光。」

老頭皺眉，不悅地道：「胡說，孟家九娘是早亡之命，妳不是孟家九娘，我算了很久都沒有算出妳的來歷。」

孟夷光微笑著答道：「國師曾亦如先生這般問我，我問他怕不怕，他說不怕。他碰觸過我的臉頰後，說我與他一樣，身上是暖的，是活生生的人。」

老頭突然伸出手，飛快覆上她的手腕，他手心冰冷，驚得她全身僵直。他縮回手，點頭道：「是與常人一樣溫暖。」

孟夷光才呼出口氣，老頭又突然變臉生氣道：「阿川怎麼會娶妳，難道他算不出來與妳成親，他將會有大劫嗎？」

裴臨川曾說過，他算過有大劫避不過，難道她真是他的劫難，他也是因為她而病倒？

「他有算出來，可他說避不過。不過，先生既然能算出來，怎麼沒有出來阻攔？」

老頭一愣，臉上竟浮起些許紅暈，吶吶道：「我一直苦於算妳究竟是誰，忘記阻攔他。」

孟夷光愣然，不知說什麼才好。國師的性子與他先生如出一轍，從不掩飾從不撒謊，也不懂世俗人情，就這麼直愣愣闖進她的臥房。

「我雖看不出妳的來歷，可妳與這世間的俗人無異。阿川連這麼點天災都未卜出，只因他與妳成親後，為俗事所累，再也無法沈心靜氣，心智失守遭到反噬，有些人會瘋掉，有些人會昏睡而亡。」

孟夷光臉上血色盡失，心口劇痛，原來這一切真是因為自己而起。

她眼眶泛紅，顫抖著問道：「先生，他還有救嗎？」

老頭沈默一瞬，緊緊盯著她道：「我能救。可他醒來之後，或許不再記得妳，或許與妳一樣，成為普通尋常之人。」

孟夷光眼淚溢出眼眶，她捂住臉，良久後才移開手，笑道：「只要他活下去，怎麼樣我都能接受。」

老頭有些意外，擰眉道：「可這世間，能改變阿川的亦只有妳。阿川長得好看又聰慧過人，妳再也找不到如他那般好的夫君。」

孟夷光搖搖頭，將難過通通壓在心底，淡然道：「我倒寧願他忘了我。他舉世無雙，擁有常人所不能及的本領，如果他成了普通尋常之人，他就再也不是裴臨川。」

老頭看了她幾眼，起身，一言不發往外走。

孟夷光失神看著他離去的背影，聽到外面的腳步聲漸漸遠去，只餘淅瀝的雨聲。

風停了，黑暗的天際漸漸轉灰藍，繼而天光大亮。

鄭嬤嬤疾步進來，焦急地道：「九娘，李全等在外面，喚妳去國師處。」

孟夷光晃了晃，穩住心神前往自己住的院子，到了院門口，抬頭看了一眼「天機分院」的匾額。

那塊匾還嶄新，襯著他遒勁有力的字，與粉牆黛瓦竟說不出的般配。她以前進出許多次，竟然沒有真正看過幾眼，不過短短數日，像是過了萬年，連同院子裡的一花一木，都覺得無比陌生。

院子裡戒備森嚴，李全領著孟夷光進到屋內。

老頭已洗漱過，看起來比先前還要蒼老些，坐在案桌前認真用著早飯，皇上在旁垂手候立。

孟夷光垂下眼簾，上前恭敬屈膝施禮。

老頭看了她一眼，說道：「阿川醒了，皇上要跟妳說話，不是我找妳，我吃飽後就走。」

皇上訕笑，對她道：「幸得先生高明，才救回阿川。經過此事之後，今後妳不宜與他在一起，我准你們和離，前事就一筆勾銷，不再追究。」

老頭停下筷子，奇道：「難道你曾想降罪於她嗎？」

皇上乾笑，含糊道：「先生，我也是見阿川病了一時心急，又一直將阿川當親生兒子看待，難免會遷怒他人。」

孟夷光垂下眼，站在一旁神情麻木，心中鈍痛。

他們，才不過剛剛開始，卻又無疾而終。

老頭不再理會皇上，繼續用自己的飯。他咳了咳，對她說道：「總是夫妻一場，妳進去看看他吧。」

孟夷光屈膝施禮，走進自己曾經的臥房，阿愚和阿壟一左一右守在床邊，見到她來，忙起身讓開。

裴臨川躺在床上，眼眶深凹，臉頰瘦得皮包骨，臉上的死灰氣散去，又恢復了生機。

他雙眼仍舊清澈透亮，目光看向她，皺眉道：「妳的臉花了，像唱戲的伶人。」

他的話與先前無二，可現在的他卻不再認得她。

孟夷光抬手抹去臉上的淚水，目光哀傷，就那麼定定看著他。

他面露不解，問道：「妳為什麼哭？」

「因你生病被治好，我很開心。」

「哭不是因為傷心嗎？妳是傻子嗎？」他撇嘴，嫌棄地瞄了她一眼，又疑惑地道：「我瞧著妳似乎有些眼熟，可我不記得妳是誰。」

孟夷光努力微笑，淡淡地道：「一個陌生人而已，聽說你病了，來看看你。」

他不再說話，淡漠地移開視線。

她亦不再多言，屈膝施禮後，轉身離去。

第二十九章

孟夷光回到客院，門前的禁衛已撤離。

鄭嬤嬤等在門口，見她腳步虛浮，忙迎上來扶著她慢慢往屋裡走。

孟夷光虛弱地道：「嬤嬤，沒事了，國師已醒過來。」

鄭嬤嬤雙腿一軟，喜得淚流滿面，語無倫次。「哎喲，太好了，多謝各路菩薩保佑……」

孟夷光進屋直接倒在軟榻上，輕聲道：「嬤嬤，皇上令我與國師和離，我們不能再住在這裡。妳先去好好歇一覺，起來後我們準備一下，搬到西山山腳下的陪嫁莊子。差人去收拾幾間院子出來，先住進去再說，覺得不好再修整。家裡那邊也遞個消息回去，說我這裡一切都好，等安置下來再回去見他們。」

她暫時還不想回孟府，家人定會想著法子關心安慰她，可現在她只想安安靜靜待著，過一段真正的清靜日子。

鄭嬤嬤大驚失色，見孟夷光神色疲憊又恍惚，正要出聲安慰，她卻擺了擺手。

「妳先出去吧，我自己待一會兒。」

孟夷光倚靠在軟榻上，不聲不響望著窗外，從白日到黑夜，從黑夜到白日。

翌日清晨，她喚來鄭嬤嬤，雙眼猩紅，聲音沙啞道：「嬤嬤，打水給我洗漱，再去將阿愚喚來。」

鄭嬤嬤不敢說話，伺候她洗漱過後，阿愚也到了，他神情木然，垂著頭不去看她。

孟夷光微笑道：「阿愚，國師搬回他院子沒有？」

阿愚嘴唇動了動，口齒含糊。「我與阿聾昨日騙他說，妳的院子要修整，先搬回天機院。」

孟夷光起身往外走。「那我們現在過去，阿愚也跟我來。」

阿愚與鄭嬤嬤跟在她身後走出屋子，她一邊走，一邊指著庭院的花草樹木說道：「這些都要有人隨時打理修剪，湖裡要清淤，屋子即便無人住，亦需要人清掃看守。」

記得初次與裴臨川飯後一起散步消食，她曾感嘆，雖說花了銀子，可府裡一步一景，花木扶疏，她還在滿足於銀子帶來的享受，沒承想，這些轉瞬間就不再屬於她。

到了院子門口，她不再說話，邁步跨進門，繞過影壁，亭臺樓閣映入眼簾。

這是最後一次踏進這間院落，雨後天氣涼爽，瓦藍的天空一望無垠，草木碧綠生機勃勃，假山上挨挨擠擠開著整片金燦燦的野菊，一切都那麼美好。

她抬腿沿著抄手遊廊走進正屋，裡面丫鬟已經灑掃過，整潔如新，卻又陌生無比。

孟夷光垂眸掩去眼底的黯然，說道：「嬤嬤，去將我放地契的匣子拿來。」

鄭嬤嬤遲疑了一下，還是依言去拿匣子來。

孟夷光打開，翻到皇上賜給裴臨川的鋪子與田莊，拿出來放在阿愚面前。她指著書契細細說道：「我大致估算了下鋪子，在馬行街的鋪子，每年差不多有二百兩銀子收入，到了年底讓掌櫃交銀，如不交，你就揍他，然後換一個掌櫃。今年算是豐年，田莊管事不交糧，按著鋪子那般處置，你身手好，又有國師在，無須跟他們多費口舌。」

阿愚拿著田契地契，難過得都快哭了，低著頭一言不發。

「廚娘留給你們，京城裡一個好廚娘難找。你更要多費些心思，病從口入，小心有心人在廚房使壞。」

孟夷光說了這麼多，累得疲憊地半倒在軟榻上，微笑著說道：「差不多就這些，如有不懂之處，你去孟府找我七哥，就說是得了我的吩咐，讓他幫你出主意。你去吧。」

阿愚默然半晌，跪下來恭敬地稽首叩拜，然後起身大步走出屋子。

國師府之事，京城權貴之家大多都心知肚明，又諱莫如深，尤其是在兩個小家族蠢蠢欲動要送女兒進國師府，卻在一夕之間倒下之後，恍若又什麼事都沒有發生過，無人再敢跳出來。

徐家卻膽大無比，不敢在朝上公然出言奚落，下衙時，宮門口官員絡繹不絕，徐侯爺刻意站在那裡，扠著腰，揚聲大罵車夫。

「狗東西，不就自己無德，再養了個無德的女兒，出嫁後被夫家嫌棄休了回家，就跟死了爹娘一樣哭天喊地。做不好車夫，老子賣了你，尸位素餐，還想覥著臉拿月例？」

老神仙負手越過他，面色如常準備上馬車。

徐侯爺小眼珠一轉，嘿嘿笑道：「孟相，你萬萬別多心，我在罵我家下人，不是說你啊。」

老神仙看都不看他徑直上了馬車。

徐侯爺看著馬車離去，眉毛得意地亂飛，太過癮了，總算出了一口惡氣。

孟家又怎麼樣，女兒嫁給國師，還不是被退了貨？

路過的官員們不敢大聲議論，卻忍不住眼神亂瞟，相熟的人湊在一起竊竊私語、指指點點，好不熱鬧。

徐侯爺見這麼多人捧場，像幼時在村頭見到臺上唱戲的戲班子，上面的人唱作念打，底下的村民看得是津津有味、鼓掌叫好。

他頓時豪情萬丈，抬著袖子昂首挺胸，清了清嗓子，拔高聲音又罵。「狗東西……」

突然罵聲戛然而止，一團黃色、臭不可聞的物體，不知從哪裡飛來，準確無誤落到他張大的嘴裡。

徐侯爺瞪大眼呆立半晌，醒過神雙手亂揮，雙腿叉開，彎下腰狂吐，邊吐邊嚎叫，聲音慘烈至極。隨行小廝驚得瞪大眼睛，卻捂著鼻子，腳下磨磨蹭蹭不願意上前。

誰這麼缺德，往侯爺嘴裡塞了一團糞啊？

原本就在看熱鬧的官員，這時看得更是起勁，有那相熟的武官湊上前，指著他哈哈大笑。「哎喲，嘴裡塞了大糞，你這是罵餓了啊？」

徐侯爺又臭又噁心，吐得雙眼翻白。

見他吐得差不多，小廝才踮著腳尖上前，遞上帕子茶水。

徐侯爺接過來，咕嚕咕嚕漱了口，往地上用力一吐，將茶杯一甩，指著人群聲嘶力竭地罵。「狗東西，孟家的狗東西！暗算別人，算什麼本事，有本事出來跟我打一場！」

「呸！沒卵子的軟貨！」徐侯爺朝地上狠狠啐一口，見無人迎戰，嘴裡的臭味散不去，胃裡又直冒酸水，徹底昏了頭，扯著嗓子大罵。「你孟家不是很了不起嗎？教出的女兒無德無能，連蛋都下不出來，被休回家……」

突然人群開始散開，孟家兒郎們帶著隨從們衝過來，揚起手裡的棍棒朝徐侯爺劈頭蓋臉揮去。

可憐徐侯爺還沒有回過神，如雨點般的棍棒落在他身上，痛得他眼淚鼻涕直冒，抱著頭在地上直打滾。

他的隨從這時再也不怕髒臭，嚇得抱著頭想衝過去救他，可不知為何總是擠不進去，被閒漢們推來搡去，暈頭轉向在人群外急得直跳腳。

有官員們見打了起來，又想瞧大戲又怕惹上官司，真是急得抓耳撓腮。

徐侯爺躺在自己吐出來的糞水裡，慘叫得已沒了人形。

禁軍班值這才姍姍來遲，首領上前大聲道：「都住手！在宮門口打架，簡直成何體統！」

孟伯年帶頭，應聲放下棍子，朗聲道：「我孟家人自是頂天立地，無愧於心。被徐侯爺這般當街辱罵，身為孟家男兒，不能護著家人為他們討個公道，還有何臉苟活在這世上！」

孟家兄弟們帶著隨從，將手裡的棍子用力往地面一杵，響聲震天。他們神情悲壯又肅穆，眼眶通紅卻極力隱忍，一言不發。

小黃門擠上前，低聲對首領道：「皇上有令，讓他們速速散去。」

首領看了眼孟七郎，大聲道：「諸位速速散開，不得堵在宮門口。」禁衛抽出佩刀，寒光四射，看熱鬧的人悄然退去，孟家兒郎們也聽令，帶著隨從散去。

只有徐侯爺還癱在地上，氣勢弱了許多，嘴裡卻不服道：「我不走，孟家人當街打人，還有沒有王法，我要告御狀！」

首領看著跟滾刀肉一般的徐侯爺，心裡的鄙夷快破胸而出。

真是蠢得沒眼看，還想告御狀？在宮門口鬧這麼久，皇上早得到了消息，卻由著孟家人狠狠揍他一頓，當著這麼多官員的面打他的臉，臉都抽腫了還不自知。

再說就算他告，依著律法，先前他沒指名道姓，孟家也沒有動手。有人暗中往他嘴裡塞糞，他有證據是孟家人做的嗎？孟家人打他，也是他指名道姓，辱罵人在先。

唉！都說外甥隨舅舅，太子要是也這般蠢，那大梁……

首領不敢再細想，拔出腰間的刀，冷冷道：「皇上有令，侯爺這是要抗旨不遵嗎？」

徐侯爺聽到是皇上的旨意，嚇得手腳並用，撅著肥臀從地上爬起來，灰溜溜離開。

另一廂，老神仙的馬車往國師府方向駛去，聽老僕說了宮門口的熱鬧，神情淡定自若。

他就是仗著皇上心裡有愧，才乾脆藉機揍了徐侯爺一頓，徐家又蠢又臭，不過倒是一顆好棋。

小半個時辰不到，就抵達國師府。孟夷光聽說老神仙上門，愣了一下，忙讓人領著他到花廳。

「小九，過來我看看。」老神仙對孟夷光招招手，仔細打量著她。「唔，瘦了些，臉色也不大好，得多歇歇。」

孟夷光摸了摸臉頰，坐在他旁邊的圈椅上，笑道：「這些天忙著清點，收拾庫裡的嫁妝，等忙過這幾天就好了。」

老神仙從懷裡拿出一張紙遞給她。「皇上親自督辦了和離文書，妳且收好。這和離一事，端看人怎麼想。再嫁由自己，以後妳願意嫁人就嫁人，不願意嫁人，家裡養著妳一輩子。妳祖母說妳吃了大虧，待她百年之後，嫁妝都留給妳。」

孟夷光看著紙上的放妻書，上面蓋有官府的紅印，心裡百感交集，笑道：「這哪是吃了大虧，分明是占了大便宜。以後我有銀子有家人，哪能過不好日子。」

「妳祖母阿娘她們都急著來看妳，聽說妳要住到莊子裡去，更是急得不得了，要接妳回府，我給攔住了，知道妳想圖個清靜。」老神仙目光溫和，撫著鬍子欣慰地道：「我就知道妳心胸寬廣看得開，可這人再看得開，總得費一番功夫，哪能立即當作什麼都沒發生。那不叫果斷，那是缺心眼。」

孟夷光心裡一鬆，她知道崔氏最擔心，肯定要她住在府裡，可孟府雖然和睦，三房人住在一起，總沒有自己獨居自在。

「皇上下了死令，沒人敢在妳面前多嘴，可總有那麼些人又蠢又不知所謂，比如徐家那樣的。」老神仙大致說了宮門口發生之事，眼神驀然淩厲。「與徐家算是結了死仇，要弄死他們容易，卻斷不能便宜他們。」

孟夷光眼眸微垂，低聲道：「徐家不過是仗著太子而已。」

老神仙眼中精光一閃，湊過頭低聲道：「妳是說？」

孟夷光坦然道：「這次我算是吃足了苦頭。關著的那幾天，我曾反思過，自己究竟錯在哪裡，才會這般被動。」

老神仙眯起雙眼，神情凝重，陷入沈思。

「孟家人都在京城，該動一動啦！」孟夷光放低聲音，盯著老神仙緩緩道：「大梁江山地大物博，大梁之外，還有更廣闊的天地。外祖父家有海船，書上說，海外有仙山，就算不成仙，有條退路，遇事心裡也不慌。」

老神仙驀地撫鬚而笑，連道了三聲好。「我曾憂心孟家後繼無人，就衝著妳這份膽量與眼界，現在我可睡個安穩覺啦。」

孟夷光笑了笑，問道：「來年春闈，現在可定好由誰來督辦差使？」

老神仙微笑道：「趙王在禮部當差，照理差使會落在他頭上。」

皇上現有六子，太子嫡出嫡長，老二趙王在禮部當差；老三吳王腿腳殘疾，領著宗人府的差使；老四魏王善戰，鎮守北疆；其他兩個兒子尚小，還在尚書房學寫大字。

孟夷光斂眉輕笑道：「太子是儲君，才情過人，又禮賢下士，友愛手足，協理趙王辦差，更是一段佳話。」

「嗯，不愧是我孫女，跟我想到一處去。」老神仙頻頻點頭，神情滿意至極。

「春闈之後選出來的士子，願意留在京城做官的人多，可差使只有那些，孟家高風亮節，讓出那一、兩個來，派他們去地方任職。」

「去北疆吧，那邊苦寒，孟家兄弟不和鬧起來，罰他離京去吃苦受罪。」

老神仙聽得眉毛鬍子亂翹，他湊過頭與孟夷光細細商議許久，又乾脆留下來一起用晚飯，見時辰不早，才由著她送出府，上了馬車回家。

孟夷光與老神仙一番長談，心裡痛快許多，夜晚的風已帶著絲絲涼意，夾著桂花的香氣撲鼻而來。

她黯然失笑，終是沒有等到他為她採花做蜜。拿到和離文書後，明早她即將離開國師府。

庫裡的嫁妝都已陸陸續續搬到莊子，剩下一些細軟裝了幾馬車。

翌日，用過早飯之後，孟夷光走出客院，上了軟轎去二門處，遠遠路過她住了一段時日的院子，不由得回頭看了一眼。

院子外左邊角落，原本府裡有棵百年金桂，樹太大不好移栽，她讓人砌了石欄杆將樹圍起來，樹枝上掛滿纍纍細黃花蕊，香飄萬里。

樹下，裴臨川身著青色深衣，站在欄杆上微仰著頭，神情專注，一手抓住樹枝，一手摘著花。

婆子們轉了個彎，假山擋住那棵樹與人，孟夷光亦慢慢回轉頭，到了二門處坐上馬車，車夫拉動韁繩，緩緩駛出國師府。

樹下，裴臨川餘光中瞄見一抹杏色，閃過假山處不見了蹤影。

他看著阿愚，疑惑地道：「那是誰？」

阿愚垂下頭，悶聲道：「一個陌生人而已。」

裴臨川不再問，認真摘著花，阿愚手裡捧著的竹籃，已快裝滿。

「好。」裴臨川拍拍手，滿意地道：「拿回去做香甜可口的桂花蜜。」

第三十章

西山四季景色各不同，在別莊裡眺望山腰，秋日天高雲淡，遠山含黛，像是雲霞潑灑山間，美不勝收，山上的廣寒寺鐘聲悠長，佛音不絕。

別莊不算大，她住的院子前後三進，房屋高敞疏朗，東廂房外搭著葡萄架子，上面結實纍纍。

西屋外，銀桂開得正盛，無須開窗，絲絲縷縷的香氣便鑽進屋子，經久不散。

孟夷光到了別莊後，崔氏與孟季年終是放不下心，翌日一早就坐著馬車趕來，除了幾馬車的吃穿用度，還帶了身手強壯的護衛。

趙老夫人聽說她將廚娘留給裴臨川，更是親自挑了陪房中手巧又老實可靠的廚娘，連著身契一併讓崔氏帶給她。

孟夷光領著父母在莊子裡轉了轉，他們見下人進退有度，不過短短時日，一切都安排得井井有條，絲毫不見亂，才微微放下了心。

三人歇坐在庭院的葡萄架子下喝茶。

崔氏不錯眼打量著她，憐愛地道：「小九，妳可吃了大苦頭，阿娘也幫不上什麼忙，只能在家裡乾著急。老神仙說，吉人自有天相，妳定不會有事。唉，就算最後沒事，可一天十二時辰都要妳自己熬，晚上我都不敢闔眼，怕有消息，也怕沒消息。」

孟季年插話道：「依我看，這和離了倒好，以免妳有操不完的心。若妳覺得形單影隻，妳七哥說，禁軍班值裡隨處可見俊俏的後生，妳要幾個，他包管替妳尋來。」

崔氏氣得狠狠瞪了他一眼，罵道：「你閉嘴，哪有這樣當爹的，成日淨胡說八道。小九可別聽他胡說。男人能三妻四妾，要是女人做這些事，還不得被人戳斷脊梁骨，世道對女子苛刻，為那麼幾個臭男人，不值當。」

孟季年不服氣，想反駁又怕再挨崔氏罵，只敢別開頭不斷撇嘴。

孟夷光看著抿嘴直笑。她不過是個普通的俗人，只想安穩平淡活著，要挑戰這個世間的規矩，她還沒那個本事，更沒那份閒心。

崔氏不理會他，嘆道：「妳祖母他們也很擔心妳，想跟我們一起來，又怕七嘴八舌說太多，倒平白惹妳傷心。眼見中秋節到了，妳一人過節也冷清，倒不如回府來，一家人熱熱鬧鬧過一個節？」

孟夷光也打算中秋回孟府，讓他們放心，點點頭道：「中秋節前一日我早些回府，住上一晚再回別莊。」

崔氏見她答應回府，心裡總算鬆了口氣。經歷這麼大的劫難，女兒看上去只是清減了些，還是這般言笑晏晏，當娘的人不由得眼底又漸漸濕潤。

她寧願小女兒能一輩子嬌憨不知憂愁，被呵護寵著一輩子。

孟季年不懂女人的想法，他想得更簡單些，本來他就看不慣裴臨川，自己嬌寵著養大的女兒被賜婚強行嫁出去，現今判了和離，倒正合他意。

她就算一輩子不嫁人，他又不是養不起，以後即便他們去世了，她還有一堆兄弟姪子呢。

「小九，這些護衛都是信得過的兄弟，他們身手好又機靈。這裡雖離京城近，到底比不得京城，有他們在，妳住在別莊，我們也能放心。」

孟夷光本來就想多加一些護衛，還沒有開口，他們就先送來了，倒解了她的燃眉之急，不由得笑道：「還是阿爹想得周到，我本來就想向你開口，多謝阿爹。」

「我是妳老子，自然是周到無比。」孟季年得意地哈哈大笑，招來護衛頭領老胡。

孟夷光見老胡高壯精瘦，年約四十左右，左腳有些跛，沈默不苟言笑，眼神銳利，偶爾散發的殺氣令人心驚。

「老胡的腳被凍壞了，沒好好治就成了這般模樣。這些護衛都是他在戰場上的兄弟，身上多多少少都受過傷。」

孟夷光頷首施禮，笑問道：「老胡可是在北疆從軍？」

老胡抬起頭，眼裡閃過一絲訝然，垂手答道：「是，在北疆軍中，不過那已是前朝的事。」

「北疆苦寒之地，前線將士尤為不易，你們才是真正的勇士。」孟夷光深深頷首，溫和地道：「我不懂護衛布防，以後還得煩勞你多費些心，吃穿用度方面，無須跟我客氣。莊子裡的廚房，十二時辰不熄火，不用擔心當差下來錯過了用飯時辰，供應熱湯熱飯，保證大家能吃飽。」

老胡有些意外，雖然好的東家亦不少見，可世家大族規矩繁多，一日三餐都有定時，錯過了時辰能吃些冷麵饅頭已算好，想要吃熱食，得自己掏銀子去廚房添菜。

孟季年雖然爽朗仗義，他的性子卻想不到這麼細，倒是看起來溫溫婉婉的小娘子，能想得這麼周全、能體恤到他們這些人的不易。

對國師府之事他亦有耳聞，思及此他更為謹慎客氣，深深叉手施禮。「多謝東家。」

孟夷光笑道：「你跟阿爹是朋友，算得上我的長輩，叫我九娘就好。阿爹說你們身上都有傷，想是當年在北疆落下，做你們這行的，難免受傷，不知你可有相熟、擅長治療跌打損傷的大夫，我想尋一個專門在別莊看診。」

老胡一喜，認真思索後說道：「當年同在軍中的老章，是軍中的大夫，療傷手藝了得。只性情乖張得罪了上峰，一氣之下離開了軍營，現今在甜水巷那一帶行醫，賺幾個大錢餬口，要是娘子不嫌棄，我可以替妳去傳個話。」

甜水巷附近都是花樓，老章做的怕是那些花樓娘子的生意，世人聽上去覺得骯髒見不得光，孟夷光卻不在乎。

她笑道：「那就有勞你，問他是否願意來莊子，以後就在莊子裡治病行醫，有什麼要求，他儘管提出來。」

老胡喜出望外，忙不迭應下退了出去。

崔氏在旁邊瞧著未說話，見老胡出去後，才擔憂地道：「又是護衛又是大夫，住在這裡太危險了，還是回府來住吧。哪怕妳不願住在府裡，在京城裡尋個清靜院子也好，住在城裡總放心些。」

孟夷光卻有自己的打算，只是現在不宜告知崔氏，免得又讓她擔心受怕，便笑著安慰道：「阿娘，我不過是未雨綢繆，住在莊子裡吃穿用度都省了許多，再多養個大夫也花不了幾個銀子，再說府裡備有大夫，總比在外面請大夫來得方便。」

崔氏一想，不再反對。孟季年倒是連看了她好幾眼，礙著崔氏在，也沒有多言。

說起銀子，崔氏想到海船之事。「妳外祖父寫信來，說船已出海，大致明年秋冬之時便能返航。唉，我已十多年未回過娘家，今年他六十大壽，路途遙遠，也不能回去給他賀壽。」

孟夷光心中一動，算了下京城到青州，一半水路一半陸路，就算走走停停，也不過一個月左右就能到。

「阿娘，要是一直操心著家裡的事，一輩子都放不開手。妳看這樣可好，妳將鋪子田莊交給七哥、七嫂看著。十郎要上學堂，將他放到祖母院子，託她照看些時日。我們乾脆在中秋節後去青州，一路遊玩過去，到了青州正好給外祖父賀壽。六姊姊在廬州，離青州不過十日左右的車程。等外祖父壽辰之後，我們順道去看看六姊姊，在廬州過年，待年後再回京城。」

崔氏眼睛一亮，腦子裡算計一番，頓時激動無比，興奮地道：「這麼看來，青州也不遠，正好妳也可以出去散散心，我也有幾年沒有見到妳六姊姊。阿鸞出生至今，我都還未曾見過呢。」

孟六娘的夫君虞崇在廬州任知州，由於怕孩子年幼舟車勞頓，一直未曾帶他回京。穿越至今，孟夷光還未曾見過孟六娘，心中卻早已喜歡上這個姊姊。在她成親時，孟六娘從廬州送回幾大車的添妝，信中更是憂心萬分，叮囑又叮囑，生怕她吃苦受罪。

孟季年見母女倆談論得熱火朝天，將他擱在一旁，心裡很不是滋味，生氣地道：「我這麼一個大活人坐在旁邊，妳們就看不到嗎？青州路途遙遠，妳們兩個女人出遠門，沒有我在旁護著，誰能放心讓妳們前去？唉，算了，我就辛苦一場，陪著妳們同去吧。」

「府裡就你一個閒人，你哪裡來的辛苦？」崔氏斜睨他一眼，忍笑道：「不過你既然想一同去青州，我們也就勉強應下，免得你在家白吃白喝還不做事。」

孟季年聽說能出門遊玩，當沒聽見崔氏的奚落，眉開眼笑地跟她們說起各地的風土人情，待用完午飯後，才依依不捨回了京城。

中秋節，京城裡熱鬧熙攘。

孟夷光回孟府住了一晚，吃蟹賞月，家人們雖然嘴裡不說，眼底卻都是掩飾不住的擔憂，連孟十郎都乖乖巧巧，在她面前再也不淘氣，生怕惹她不開心。

次日，孟夷光用完早飯後，就出城回去別莊。上了馬車後，她才長長舒了口氣，家人的關心雖然溫暖，有時卻是難以承受之重。

孟夷光性情溫婉卻堅韌，極少在人前哭，遇事時習慣默默忍受，讓事情不聲不響過去，直至遺忘。

與裴臨川的親事，開始得荒唐，結束得也令人措手不及，她還來不及反應，就已命懸一線。

後來她坐在屋子裡，一日一夜之後，又咬牙站起來，沒有哭沒有眼淚。一開始晚上難以安睡，差鄭嬤嬤去抓安神藥，歇息前喝上一碗，才能睡幾個時辰。

到莊子的路寬敞平順，馬車很快就到西山山腳下，莊稼已泛黃快要成熟，沈甸甸掛在枝頭，令人心生喜悅。

孟夷光乾脆捲起車簾，趴在窗邊瞧著外面的秋景。

鄭嬤嬤見前面不遠處就是別莊，也不怕被人瞧去，笑道：「我覺得城外的風，好似都要比城裡的香一些。」

孟夷光亦跟著笑，京城裡人擠人，哪似城外天高地闊。

「都說十五的月亮十六圓，廣寒寺賞月最為有名。我們用完晚飯，可慢慢散步上山，去見識見識山寺月色。」孟夷光提議道。

鄭嬤嬤在中秋節去過廣寒寺，笑道：「我也只是聽人說起過，還未曾親眼見到，晚上倒能前去一飽眼福。」

馬車緩緩駛向別莊，兩人的說話聲笑聲留了一路。

路邊的草叢裡，裴臨川慢慢站起來，將手裡的蟋蟀交給阿愚，抬頭看去，不解問道：「阿愚，她是誰？」

阿愚垂下頭，將蟋蟀裝進竹筒裡，悶聲道：「我亦不知。」

裴臨川眉頭緊蹙，喃喃道：「我好似見過她，聽過她的笑聲。」

阿愚低頭不語，裴臨川側頭沈思，良久無果之後遂放棄，又蹲下來繼續尋蟋蟀。

廣寒寺沿著西山而建，千年古刹香火鼎盛，日間上山的人絡繹不絕，到了晚間卻人煙稀少，京城恰逢節慶熱鬧的時候，此時山上更是清靜。

孟夷光帶著鄭嬤嬤與春鵑、夏荷上山，護衛隨行簇擁著她們。

沿著蜿蜒的山石小道往上走，月光灑在山林間，在地面上投下斑駁的光影，林間靜謐，偶有松鼠一閃而過。

山頂廟宇隱在古樹間，從前殿繞到東側，那裡有一塊突出的巨石，站在石上憑欄遠眺，圓月像是掛在頭頂，清輝灑滿西山，美得不似凡間。

一行人無人說話，似乎都怕打破這份美好。

忽地，細小的腳步聲在寂靜中格外清晰。

孟夷光回頭看去，百般滋味湧上心頭，目光呆滯，怔怔看著矗立在石階之上的裴臨川。

他未著那身慣常所見的青色深衣，反而換了身月白寬袍大袖，臉頰仍然瘦削，已無病時的灰敗，面如冠玉，聲音清越。「妳占了我賞月的地方。」

孟夷光垂下眼簾，轉回僵直的頭，低聲道：「嬤嬤，我們走吧。」

她腳步匆匆上了石階，他卻站在那裡一動也不動，她腳步不停，低頭側身避開，卻聽他問道：「妳要不要聽我吹笛？」

孟夷光愣了下，停下腳步回頭看去，只見他嘴角翹起，輕快地道：「只要一百兩銀子，我的笛聲猶如天籟，繞梁三日，餘音不絕。」

她垂下眼簾，掩去眸中一閃而過的慌張，問道：「為何要銀子？」

他神色漸漸恍惚，茫然道：「我要賺銀子買花給人戴，可我已不記得那人是誰。」

孟夷光轉回頭，努力眨回眼裡的淚，淡淡地道：「我沒有銀子。」

她說完不再停留，步履匆匆，漸漸越來越快，甚至小跑起來，落荒而逃。

身後，清越的笛聲穿透夜色，絲絲繞繞入耳。她喘著氣慢下腳步，聽著笛聲越來越哀怨，如泣如訴，一點一點低下去，直至無聲。

第三十一章

秋雨綿綿。

碼頭邊，僕婦小廝忙著將箱籠搬上船。

孟十郎抱著崔氏的腿，哭得透不過氣，見她不為所動，乾脆鬆開胖手要往地上打滾，被孟季年眼疾手快揪住，塞進孟七郎懷裡，扶著崔氏上船。

孟夷光摸了摸孟十郎頭上的沖天辮，笑咪咪安慰他。「等姊姊回來，帶好吃好玩的給你，快跟七哥回去吧。」

孟七郎也想哭，他想跟去青州，可他只能抱著孟十郎，看著父母妹妹的船離開碼頭，在雨霧中漸漸看不清，他才怏怏不樂地轉身走向馬車。

木屐踩在青石地面上，踢踢躂躂的腳步聲由遠及近。孟七郎不經意回頭看了一眼，愣在原地。

裴臨川頭戴斗笠、身披蓑衣在前，阿愚和阿醜揹著包袱跟在後，三人搭上停靠在碼頭邊的一艘官船，很快地，船離開碼頭，沿河而下。

孟十郎嘴裡吃著糖，含糊道：「七哥，那是不是國師姊夫？他是去找九姊姊嗎？」

「他已不是你的姊夫，不許亂叫。」孟七郎糾正他道。

孟十郎的小胖臉皺成一團，學著大人樣嘆了口氣。「我喜歡國師姊夫，他比所有的姊夫們都好。」

孟七郎將帕子扔到他臉上，用力幫他擦著眼淚鼻涕。「休得胡說，你懂啥。」

「我就知道……」

「哎呀，孟小十，你的糖糊了我一身，回去將阿娘給你的銀子交出來，賠我衣衫……」

這廂兄弟互相打鬧著回府，那廂孟夷光一行人乘坐的船也順流而下。

船上潮濕，鄭嬤嬤在角落點了熏籠，放入如尾指大小的香料進去，屋子裡暗香縈繞。

崔氏一進她的船艙，便連連用力聞了聞，大讚道：「這個香真好聞，清淡適宜，海外奇珍鋪子又到新貨了嗎？」

鄭嬤嬤頓了下，暗罵自己昏了頭，怎麼將裴臨川製的香收到包裹裡，又隨手點了。她小心覷著孟夷光的臉色，見她神情淡然，才微微鬆了口氣。

「阿娘，這是國師親手合的香。嬤嬤，將香拿過來分一些給阿娘，船上總是有股水氣，點上一些熏一熏，除怪味又能提神醒腦。」孟夷光不甚在意地笑道。

崔氏一愣，見孟夷光毫不避諱，也忙笑道：「船艙裡我已點了熏籠與香爐，妳阿爹嫌棄氣味太濃，待不住跑去甲板上，說要在江裡釣魚，晚上讓廚娘熬魚湯給我們喝。」

孟夷光聽得直發笑，與崔氏說了一會兒話。孟季年被小廝攙扶著送回艙房，他暈船吐得一塌糊塗，躺在床上難受得直哆嗦。

護衛頭領老胡上次與老章傳了話，老章抵達別莊之後，與護衛們一起吃了他們尋常吃的飯食，便答應在別莊裡做大夫，這次也上船跟去青州。

崔氏差人將老章請來，號脈之後見只是暈船，便將帶來的暈船藥熬煮過後，再讓孟季年服下。無奈卻不管用，沒多久孟季年就將藥汁吐得一乾二淨。

老章醫治跌打損傷在行，對暈船之症實在無能為力，攤著手道：「沒辦法，暈船只能好好歇著，暈上幾日也就好了。」

孟夷光與崔氏雖擔心不已，可也無計可施，只得煮了些湯水來，孟季年吐過後再喝一碗，肚子裡總能裝上一些。

孟季年一路嘔吐，最後連起床都沒了力氣，要人扶著才能動一動，下人來來回回，擦洗清掃，船艙裡還是一股藥味與酸臭氣息。

崔氏與孟夷光都著急，見船行到青江縣，乾脆讓船停在碼頭，差人去縣城尋一間客棧，一行人先下船歇息，待他身子好轉些再趕路。

待孟季年被小廝抬著走到店堂，老胡已經抓著鎮上回春堂張大夫的胳膊踏進門內。胖胖的中年男人喘著氣，舉起胳膊用力掙脫他，氣急敗壞地道：「暈船之症無人能治，服藥之後也只能稍微減輕症狀，你將我拖來也沒用！」

老胡生氣地道：「你是大夫，哪有看都沒看病人，便斷言無人能治？」

這時一道清越的聲音傳了過來。「我能治。」

「就說啊，無人能治……」張大夫憤怒地盯著老胡。這個人跟土匪一樣，在藥鋪內就說不能治，他卻將自己強行帶來。

咦？好像那人說的是能治……

張大夫愣住片刻，又不屑地冷哼一聲。「真是不知天高地厚，我倒要見識是誰這麼狂妄！」

店堂內眾人也聽到了他的話，孟夷光難以置信地回頭。

只見裴臨川頭戴斗笠，負手站在門口，像是江湖游俠，面帶得意地再次道：「我能治。」他說完見無人搭話，主動伸出一根手指。「只要一百兩銀子。」

「簡直不知所謂，我行醫多年，還從未見過有方針能治暈船之症，不過是藉機騙財，敗壞我醫者名聲。」張大夫憤憤地道。

裴臨川神情疑惑，轉頭問阿愚。「是要太多了嗎？」

阿愚恨不得將頭埋進地裡，小聲道：「是太多。」

「那好，九十兩就好。」裴臨川爽快地少要了十兩銀子，看了一眼孟季年道：「你暈得太厲害，尋常大夫治不了，我能。」

尋常大夫？

張大夫氣得吹鬍子瞪眼，跳起來指著裴臨川喊道：「黃口小兒，你可知我是誰？可敢跟我比試一場？」

店堂內漸漸圍了一圈看熱鬧的人，有閒漢起鬨道：「哎喲，張大夫，你一大把年紀，跟年輕後生比什麼？這不是欺負人嗎？」

「這後生長得是好看，就是口氣忒大，誰知道是不是吹牛的騙子？」

「要是真能治，張大夫才是沒臉……」

看熱鬧的人七嘴八舌，爭論不休。

裴臨川巍然站立，無視身後的議論，對張大夫置之不理。

阿愚上前一步，面無表情說道：「你是誰，這須得回去問你阿娘。不跟你比試，只因你太蠢。」

看熱鬧的人哄堂大笑，張大夫行醫多年，青江縣誰不給他幾分薄面，哪受過這般侮辱。他臉色一會兒白一會兒黑，恨得咬牙切齒，對身邊的小廝使了個眼色，眼神陰冷得像是要吃人，卻強忍住一言不發。

裴臨川眼含期待，再次問道：「只要九十兩，治不治？」

孟夷光回過神惱怒不已，這裡不是京城，強龍不壓地頭蛇，他們三人雖然厲害，可雙拳難敵四手，人又不那麼機靈，唉！

孟夷光生氣地道：「進院子來。」

鄭嬤嬤上去請，裴臨川卻不肯動，堅持道：「先要銀子。」

孟夷光怒極，沈下臉走到他面前，厲聲道：「進來！」

裴臨川嚇得後仰，忙抬手扶住頭上的斗笠，悶悶不樂地跟在她身後，小聲嘀咕。「凶婆娘。」

隨從小廝抬著孟季年，一行人浩浩蕩蕩到了客院，崔氏忙著指揮丫鬟婆子將他安置在床上。

裴臨川取下斗笠交給阿愚，走上前號了脈，神情愉快。「很容易，不過要先給銀子。」

孟夷光無奈，煩躁地道：「給他。」

鄭嬤嬤默不作聲，數了九十兩銀票交到阿愚手上，裴臨川不錯眼地盯著阿愚將銀票裝好，嘴角上翹，問道：「阿愚，我們總共賺了多少銀子？」

阿愚回答。「九十兩。」
孟夷光愣住。
裴臨川數完銀子，手一伸，道：「銀針。」
老章一直湊在最前面，眼睛都捨不得眨一下，生怕錯過治病時的任何一個動作。
聞言，阿愚忙打開藥箱，雙手遞上銀針，瞪大雙眼看著裴臨川手如飛花，幾針扎下。
孟季年原本難受得說不出話來，此時長長呼出口氣，愜意道：「終於能透口氣，好舒服啊……」
感嘆到一半，待他看清面前之人是裴臨川，張嘴就罵。「小兔崽子，你在這裡做什麼？」
裴臨川面色尋常，答道：「給你治病，賺銀子。」
孟季年一愣，崔氏見他臉色一變又要罵，忙上前按住他的手，說道：「是國師救了你。」
他瞄了一眼旁邊的孟夷光，又悻悻閉了嘴。
老章雙眼放光，緊緊跟在裴臨川身後，見他開好藥方，一把搶過去看完，驀地大笑道：「妙，絕妙至極，我怎麼都沒有想到呢，先從百會穴……」他抬頭看向裴臨川，可憐巴道：「這個方子，我能抄一遍嗎？」

「可以。」裴臨川答道。

老章幾乎熱淚盈眶，不愧為國師，心胸寬廣，這麼貴重的方子說送人就送人。

「你抄去亦無用，每人症狀不同，須得對症下藥。」裴臨川語氣稀鬆平常。「要是你暈船，給我銀子，我可以給你治。」

老章霎時呆若木雞，張大嘴傻了。

老胡看不過眼，上前搶過藥方，對孟夷光道：「我先去抓藥。」

「上船前吃上一帖即可。」裴臨川說完，戴上斗笠，一言不發往屋外走，走了兩步又停下來，回頭看著孟夷光，眼神中微微帶著期盼。「上次妳可聽見了我的笛聲？」

孟夷光愣住，怔怔點了點頭。

裴臨川眼帶笑意。「是不是很好聽？我從不吹牛。」他轉身走到她面前，修長的手伸到她面前，輕快地道：「聽了笛聲，要付銀子。」

孟夷光心中五味雜陳，她定了定神，見屋子裡的人都安靜地看著他們，抬腿往外走，說道：「你跟我來。」

裴臨川沈吟片刻，跟著她到隔壁客房，定定看著她的臉，問道：「妳為什麼傷心？」

「我沒有傷心。」她努力掩去眼中的淚意，微笑著問道：「你怎麼會來這裡？」

「我要去找很重要的人，卦象說那人在青州方向。」裴臨川神色隱隱得意。「我會賺銀子了。」

孟夷光倉皇轉過身，抬手拭去眼角的淚水，極力克制住聲音中的顫抖。「嗯，你去吧，快離開青江縣，先前你得罪了張大夫，要小心些，謹防著他來報復你。」

「我不怕。」裴臨川毫不在意，片刻之後又道：「妳別哭，我不向妳討要銀子，那晚的笛聲就送給妳聽。」

「好，多謝。」

裴臨川靜默半晌，抬腿走到她面前，疑惑地打量著她。「妳是不是怕那些人？我可以保護妳，阿愚、阿壟很厲害。」

「你為什麼要保護我？」孟夷光靜靜問道。

裴臨川神色茫然，喃喃道：「我不知道，看著妳似曾相識，可我不記得妳了，妳是誰？」

孟夷光努力笑道：「我是孟家九娘，孟夷光。」

裴臨川臉上困惑散去，嘴角含笑。「好，我認得妳了，以後不會再忘。」

他轉身往外走，孟夷光見他的身影消失在院子裡，全身力氣像是被抽光一般，再也撐不住，伏在案桌上無聲流淚。

孟季年服了一碗藥下去之後，不再嘔吐難受，肚子空空，連吃了兩大碗飯，才放下筷子撫摸著肚子道：「哎喲，可難受死我了，還以為要交代在這裡呢。」

崔氏瞄了一眼孟夷光，她與裴臨川出去之後，再回來雖然面色如常，可眼眶微紅，看來是哭過了。

崔氏心裡難受不已，卻又怕多說話更惹她傷心，溫言道：「小九，妳阿爹現在已沒事，妳也累了，回房早些歇著吧。」

孟夷光點點頭，站起身道：「阿爹、阿娘你們也早些歇息，我先回房洗漱。」

崔氏見孟夷光走了，才瞪著孟季年道：「你這一場病，可苦了小九。要不是國師在，你還真說不定就一命嗚呼了。以後見到他別再蹬鼻子上臉，由著性子想說什麼就說什麼，這不是讓小九難過嗎？」

孟季年長嘆一口氣，說道：「我何嘗不知道，可就是看他不順眼。憑什麼我好好的女兒，要受這些冤枉氣？嫁給他吧，不甘心；和離吧，也不甘心。」

崔氏冷聲道：「你不甘心有何用？有本事去找皇上說理去？」

孟季年閉上了嘴，神情凝重，陷入了沈思。

深夜裡，客棧裡的人睡得正香，守在店堂裡的夥計，手撐在櫃檯上也昏昏欲睡。

突然後院一聲慘叫，驚得夥計手肘一滑，臉重重磕在櫃檯上，他顧不上痛，跌跌撞撞跑向後院。

住在後院的客人一看就非富即貴，要是在客棧裡出了事，別說他一個小夥計，就連東家估摸著都活不成。

夥計連滾帶爬穿過垂花門，見庭院中央，幾個潑皮躺在地上，刀棍扔得到處都是，不停地哀號叫喚。

阿愚與老胡抱著雙臂站在一旁，冷眼看著地上的潑皮。老胡上前踢了為首的一腳，狠聲道：「是誰派你們來的？」

潑皮頭子小眼睛一翻，還想抵賴。阿愚面無表情，抬腳踩在他手指上，腳下微微用力，「喀嚓」一聲，他的手指應聲而斷。

老胡吃了一驚，沒想到裴臨川身邊的人，看起來一臉憨厚，卻這般狠戾，根本不與人廢話。

潑皮頭子痛得直打滾，眼淚鼻涕橫流，斷斷續續地道：「我說……是張大夫讓我們來……偷藥方……殺了那個狂妄……啊！」

他的話還未說完，阿愚又用力踩斷他另外一隻手指，若無其事地對老胡說道：「我走了。」

他這是氣著了，要去找張大夫尋仇？

老胡神色變了變，忙問道：「要不要我們幫忙？」

阿愚頭也不回地道：「不用，你們守著夫人。」

夫人？

老胡愕然片刻，又嘆息著搖了搖頭，吩咐護衛將潑皮捆了，對嚇得癱倒在地的夥計說道：「天一亮就將他們送官，轉告縣令大人，要是見到他們毫髮無傷出來，當心他頭上的官帽。」

夥計忙不迭應下，去招呼人來將這些潑皮拖出去。

老胡冷眼瞧了一會兒，才前去孟夷光門前，輕聲道：「九娘，人都已經抓起來了，現在已無事。」

鄭嬤嬤打開門。「進來吧，九娘有些話要問你。」

老胡走上前，見孟夷光穿戴整齊，眉頭微皺，不確定地問道：「剛才可是阿愚也在？」

「是，晚間我們聽到響動，忙跑過去一看，幾個潑皮躺在地上，已經被阿愚制伏。」老胡神色莫名，想了想又說道：「這些潑皮是由張大夫派來，說要偷藥方，順便殺了國師大人。阿愚很生氣，要前去找張大夫的麻煩，我想派人一起同去，他說不用，讓我們守著妳。」

裴臨川那句「我可以保護妳」，在孟夷光耳邊迴響，她停頓片刻，說道：「辛苦你們了，前去跟阿爹說一聲，讓他也放心，再回去歇著吧。」

「是。」老胡叉手施禮，恭敬地退了下去。

鄭嬤嬤見她累了一整天，眉眼都是疲憊，忙說道：「九娘，時辰還早，再上床睡一會兒吧。」

孟夷光揉了揉眉心，上床和衣而臥，迷迷糊糊中，聽到窗櫺輕輕「叮」一聲，像是有石子砸在上面。

睡在軟榻上值夜的鄭嬤嬤也被驚醒，忙起身走到窗邊，沈聲道：「誰？」

一道熟悉的聲音傳進耳朵。「是我。」

這國師大半夜不歇息，居然跑來偷敲小娘子的窗戶？

鄭嬤嬤吃了一驚，為難地回頭，見孟夷光已經坐起來，便拿火摺子點了燈，低聲道：「國師在外面。」

孟夷光應了一聲，下床走到窗櫺邊，鄭嬤嬤忙將窗推開一半。

窗外，裴臨川一襲黑色勁裝，眼睛閃亮無比。

他舉起手裡的狼牙棒，炫耀道：「我很厲害，將他們都打暈了。」

孟夷光瞪大了眼，驚道：「打暈了誰？」

「妳先前說要來尋仇之人。」裴臨川微抬著下巴，傲慢地道：「我打敗了他們。」

孟夷光默然，自從他習拳腳開始，就喜歡上打架，想起從前的種種，心中百般滋味複雜難言。

「我說過要保護妳。」裴臨川趴在窗欞上，偏頭看著她，認真地道：「我說話算話。」

第三十二章

秋高氣爽，日光灑在江面上，波光粼粼。

孟夷光一行人在客棧歇息一晚後又啟程了。

孟季年上船前服用過湯藥，再也沒暈眩、嘔吐之症，又興致勃勃地到甲板上釣魚。

孟夷光站在船艙外的走廊，遠眺對岸，阡陌交錯，村屋瓦舍層層疊疊，像是潑墨山水，不知不覺心也跟著沈靜下來。

崔氏從船艙裡走出來，見她在那兒發呆，頓了一下還是上前，笑道：「這一路的景色各不相同，看著就令人心生喜悅。」

孟夷光回過頭看著她，指著岸邊的行人笑道：「重陽節快到了，這些人都在忙著趕集，妳看那人推著的太平車上，菊花開得真美。」

崔氏也眼帶笑意，看著道上忙碌的行人，感嘆道：「在京城時，一年四季總有過不完的節，要是還在府裡，這時又該忙著請吃酒席，蒸麵餅、蒸糕點，搭彩樓。熱鬧是熱鬧，一天下來卻累得慌。成親二十多年，還從未這般悠閒過。」

孟季年的笑聲震天，大叫道：「我釣到了，哈哈，終於被我釣到了一條魚。」

她們跟著探出頭去，見孟季年手上捧著一條比拇指大不了多少的魚，頓時失笑出聲。

「妳阿爹，唉……別的不說，他這份心性，我只能佩服。就算天塌下來，他也會說，怕什麼，天又不會只埋一人，要埋大家一起埋了。」

孟季年上有老神仙擋著，後宅有崔氏，現在孟七郎已經長大，謀得一份好差使，一輩子都可以當甩手掌櫃，是真正有福氣之人。

「不過啊，」崔氏看著她，輕聲笑道：「這次病後，他沈穩了許多，總算說出了句像樣的話。他說啊，上次國師生病，妳遭逢大難，他當爹的沒本事幫不了忙，只能在旁邊乾著急，可上面有老神仙鎮著，沒有那麼深的感觸。這次吧，自己生了重病，才真正能夠將心比心，嘗到妳當時的害怕。」

孟夷光手撐著窗櫺，仰頭看著碧藍天空，呼出一口氣。「阿娘，這些都過去了，擔心受怕的日子過一次足矣。這樣的生活多好，妳看，天藍得讓人目眩，真美。」

崔氏心底嘆息，溫和地道：「小九，妳與國師……唉，我不知該怎麼說，要是尋常的小夫妻爭吵或者和離，我都可以勸一句，沒有過不去的坎，可你們……這個坎還橫在跟前，繞不開、搬不動，跌進去就是萬丈懸崖。」

孟夷光知曉崔氏的想法。客棧院子不大，裴臨川那晚來了又去，又派阿愚來守著她，這些都瞞不過崔氏的眼。

翌日，客棧裡都傳遍了，張大夫被打傷在家不能動彈，鋪子也被縣令查封。老胡他們在客棧裡沒有出門，只要稍微動一動腦子，就知道是誰動手了。

尋常人爭吵，不過是鬧一時之氣，她與裴臨川，背後牽扯到的是許多活生生的人命。就算再喜歡，再多不捨，也無法隨心所欲，不管不顧。

「阿娘，我知道妳擔心什麼，以前我做不到抗旨不遵，現在也不會那麼糊塗，再一頭扎進去。」孟夷光停了片刻，輕聲卻堅定地道：「過上些時日，也就忘了這麼些人與事。」

崔氏既心酸又難過，眼睛漸漸濡濕，忙偏開頭拭去眼角的淚水，故作輕快地道：「今早妳阿爹說，下午船就會到瀛州碼頭，我們在那裡下船換乘馬車，再過半個月就可以到青州。」

孟夷光也開心道：「總算能從船上下去，坐了這麼多天，估計走路都會搖晃。瀛州雲霧山極為有名，恰好重陽登高，我們在瀛州歇上兩日再走吧。」

崔氏撫掌笑道：「你阿爹也說要歇息幾日再走，我差人前去安排。」

孟夷光見崔氏風風火火走了，笑容漸漸淡下來，又倚靠在窗邊怔怔出神。

瀛州是水陸交通要道，又逢節日，府城簡直比京城還要熱鬧。

一行人包了個清靜的院子住下來，嚐了當地的吃食，好好歇了一覺之後，出城去雲霧山登高。

路上行人車馬挨挨擠擠，到達山腳下時，馬車排著長長的隊伍，半天都一動也不動，好不容易到了山腳下，上山的人更是一眼望不到頭。

孟夷光笑了起來，想不到在這個世間還能看到前世節慶的景象，令人惆悵又覺得親切。

老胡上前躬身道：「九娘，前面堵著，怕是要等上很久。後面有道門可以上山，那道門不允尋常百姓進去，故人較少，我們從那邊進去吧。」

孟夷光又忍不住笑，權貴階級不管在何時都有特殊待遇，這世老神仙貴為丞相，她也沒能做個只吃喝玩樂的紈袴子弟。一路低調行路，沒差人來封山清道，只是走後門，也算是對得起自己丞相孫女的身分。

「那我們從後門進去，要是人太多，就不用再上山，去看一堆人頭也沒有趣味。」孟夷光笑道。

「是。」老胡叉手應下，護著他們的馬車往後門方向駛去，不過轉了一、兩個彎，與前山恍若兩重天，這裡古樹林立，靜謐清幽。

古樸的大門緊閉，守在門前的童子見到馬車，立即跑上前，脆生生地道：「這裡今日門不開，裡面有貴人在。」

老胡抓了把錢扔過去，童子忙摟在懷裡，施禮謝過，還是笑嘻嘻地拒絕。「裡面真有貴人，後山都封著，誰也不能進去，就是知府大人來也不讓開門。」

「那小哥可知是何方貴人？」老胡又抓了把錢遞過去，童子揣進懷裡，警惕地看了四周，才低聲道：「是徐侯爺小妾的舅舅，賈員外，每年這個時候都會來登山。最初他來時，與那些人一樣都得從前面進，後來他外甥女送進徐侯爺府裡，就能從這裡進去。去年她給徐侯爺生了個胖兒子，他家連開了三天的流水宴席，全鄉人都去慶賀，連知府大人也親自去了。」

童子講得繪聲繪色，靈活的雙眼骨碌碌在老胡身上打轉，笑問道：「貴人，聽你的口音不像是瀛州人，不知貴人貴姓？」

老胡笑了笑沒答話，轉身低頭去跟孟夷光稟告。

孟夷光直感嘆，這一人得道雞犬升天，徐侯爺小妾的舅舅都成了權貴中的權貴，瀛州知府怕已是太子的人。

沈吟片刻後，她不欲多事，說道：「你前去跟阿爹說一聲，我們回吧。」

照著以前的性子，孟季年非衝進去將徐侯爺的假親戚揍得鼻青臉腫，這次聽後竟連罵都不曾罵一句，令崔氏詫異萬分。

「占小便宜吃大虧，跟一個妾的親戚計較，我丟不起這個臉。」孟季年眼神冰冷，右手拳頭輕敲著左手心，淡然道：「總有一日，我會讓他們全部還回來。」

崔氏驚訝之餘又欣慰，他這是真轉了性子，打算上進了？

馬車一輛輛接連掉頭，沿著來路駛回。

前面一輛寬大的馬車駛過來，見門口堵住行路緩慢，車夫揚起馬鞭，揮舞著大叫道：「前面的車快些，你們沒長眼嗎？沒見著賈府的馬車過來？」

既然已經回轉，孟夷光更不願意節外生枝，吩咐老胡不予理會，仍舊不緊不慢掉頭。

賈家的車夫停車等了片刻，車裡的人坐不住，掀開車簾跳下車，搶過車夫手上的馬鞭用力在空中一揮，劃出一道響亮的鞭聲。

「快點，好狗不擋道啊！」

孟夷光眉頭微蹙，從車簾縫看去，只見一個身著粉衫、胖得像圓球似的少年，被隨從簇擁在中間，一手扠腰一手揮鞭，擠著公鴨嗓子在那兒吆喝。

老胡眯著眼睛笑道：「這位郎君，大門就在前面，你站在這裡吆喝的工夫，已經夠你走上幾個來回了。」

「喲呵！」少年鞭子在地上抽得嗶嗶響，側著脖子轉動著小眼珠，滿臉的難以置信。「居然有人跟我叫板。我的貴腳是用來走路的嗎？你見過貴人要親自走路進山嗎？」

孟夷光在車裡聽得直發笑，孟季年也驚得掀開車簾，看著眼前這個比自己還要囂張的少年。

老胡被逗得哈哈大笑。

少年見被人笑話，瞬間黑了臉，拔高聲音道：「大膽狗賊，你可知道我是誰？我阿爹可是賈員外的親表哥，嫡親的表哥！」

孟夷光臉色漸漸淡下來，太子一派的親戚在外面囂張至此，以太子的性情，他登上大位之後，這些人估摸著腳更不會站地，要站也要金銀鋪路。

車子已經全部掉轉頭，老胡駕車從少年身邊經過。

少年見一行人不聲不響，見著自己毫無尊敬懼怕之意，怒從心中起，手一揮鞭子直朝馬身上抽去。

老胡臉色一沈，手疾如閃電，出手接住鞭子，用力一拉一鬆，少年腳步踉蹌站立不穩，轟然一聲，摔了個狗吃屎。

少年痛得哇哇大叫，手拍打著地面聲嘶力竭叫道：「給我打！狗東西，喲呵，狗東西！」

隨從張牙舞爪撲上來，老胡跳下馬車，不慌不忙地出招，拳頭像鐵一般砸過去，砸得隨從跳腳，直哭爹喊娘。

孟夷光心下惱怒，掀開車簾道：「老胡，把他們嘴堵了，捆了扔在一起。」

少年見一個姿容秀麗的少女，聲音如叮咚山泉，臉上帶著慍怒更增了幾分顏色，眼睛都看直了。他的心像有爪子在撓，癢癢的。

翻身靈活地爬起來，少年吸了吸口水，往她的車子邊蹭過去，嘴裡直叫喚。「這位天仙妹妹，妳要上山……」

他嘴裡的話才說到一半，身子忽然像脫線的風箏般，歪歪扭扭往外飛去，砸在地上半晌都動彈不得。

阿愚拍了拍手，低著頭不說話，走到少年的馬車邊，抓住車夫隨意往地上一扔，解下韁繩，然後轉身一腳飛踢在車上，轟一聲，馬車朝山崖下翻滾而去。

阿壟駕著馬車駛過來，在大門口停住，童子先前見外面情勢不對，早已機靈地叫來管事。

此時那人從側門處迎上來，點頭哈腰地道：「貴人對不起，請不要為難小的，裡面有貴人在，我真不能讓你們進去啊。」

裴臨川負手，面無表情。阿愚退後兩步，阿壟也走上前，兩人一左一右互看一眼，然後一起抬腳踹向大門，「砰」兩聲巨響，大門應聲而倒。

管事嚇得雙腿直發抖，目瞪口呆。

孟季年喃喃道：「這才是囂張的祖宗啊。」

阿愚身子飛一般掠進去，不見蹤影。

孟夷光放下車簾，輕聲道：「走吧。」

鄭嬤嬤忙敲了敲馬車壁，車子卻沒有動。

車門被人拉開，裴臨川站在那裡，輕快地道：「孟九娘，要一起上山嗎？」

孟夷光靜默片刻，搖了搖頭。「不了，多謝。」

裴臨川愣了下，說道：「不要銀子。」

「為何這次不要銀子？」孟夷光頓了下問道。

裴臨川眼神淡下來，低低地道：「今日是阿娘的忌日，不要銀子。」他神色平靜，眼底卻孤寂如同荒原，指了指大門處。「阿娘就死在這裡，裡面的人不肯給她開門。」

孟夷光忍著心底翻滾的情緒，半晌後說道：「我走了。」

馬車緩緩前進，孟夷光挺直脊背端坐著，臉上看不出任何情緒，車子轉了幾彎，眼前又是喧囂的人群。

裴臨川一動也不動地站在原處，望著他們馬車的方向，直到再也看不見。

「國師，人都已經趕走了。」阿愚上前低聲道。

「她走了。」裴臨川輕聲說道，轉身走進大門。

從後山往上爬到山腰，西邊有一塊向陽又安靜的空地，裴臨川熟門熟路沿著小徑走過去，撥開雜草露出一塊小小的石碑，上面中間刻著「阿娘之墓」四個蒼勁大字，左下角刻著「阿川」兩個小字，筆跡稚嫩，像是出自習字不久的人之手。

阿愚和阿聾彎腰拔掉周圍的草，裴臨川枯坐在墓前，一言不發。

此時，老胡滿頭大汗，一邊往上看一邊爬山，終於看到幾個熟悉的身影後，忙加快腳步奔上山。他將手上提著的香燭紙錢恭敬地放在墓前，叉手施禮。「國師，九娘說來不及備奠儀，匆忙之中只能備下這些。」

裴臨川只瞄了一眼，突然伸手抓住紙錢往外一甩，枯黃的紙片散開，如黃葉在飛舞。

老胡頭埋得更低，飛快地道：「九娘說，你切莫傷心太過，自己過得好，才是對阿娘最大的安慰。」

裴臨川抓著香燭的手頓了一下，他拿出火摺子，點上一根香燭插在墓碑前，待香燭熄滅，才起身下山離開。

第三十三章

天放晴了幾日，又開始下雨，馬車出了瀛州地界，到了青州交界之處。

雨下得更大，眼見天漸漸暗下來，離下一個歇宿的鎮子還有近四、五十里的路，護衛騎在馬上身著油衣，還是擋不住雨，渾身裡裡外外都濕透了，眼睛更是被雨淋得睜不開，人馬皆疲憊不堪。

馬更是不時煩躁地揚蹄子，車子在泥濘的路上滑來滑去，車轂轆裡捲滿泥土，護衛得不時拿著棍子去戳下來，坐在車裡的人被晃得頭暈眼花。

老胡行軍打仗時，比這艱苦百倍的急行軍都不在話下，想著孟夷光與崔氏皆是婦孺，只怕受不了這樣的苦，再走下去，馬兒吃不消不說，翻車或者車轂轆斷裂就更加麻煩。

老胡轉頭來回查看後，當機立斷差護衛前去尋個避雨之處，待人馬都歇息一陣子後再趕路。

護衛打探過後回來稟報，附近人煙稀少，前面一、兩里路左右，有座破土地廟可以進去避避雨。

孟夷光身後靠著軟墊，半倚在車壁上，臉色發白，覺得五臟六腑都在翻滾，聽到老胡提議在前面休息一陣子時，當即應下，說道：「先差人去生幾個火堆，後面的人到了也能烘烤一下濕衣衫。」

天黑透時，一行人才到達土地廟。破破爛爛的幾間屋子，四面牆壁只剩下兩面，中間破個大洞，所幸正殿屋頂有瓦片擋雨，地上還算乾燥。

護衛清理出一塊乾淨空地，揀了幾個破爛椅子劈開當柴火，隔著一段距離點了兩個火堆，上面架著銅壺，並煮上熱水。

丫鬟婆子們抱著氈墊幕簾，手腳麻利地在最角落隔了處淨房，孟夷光與崔氏進去換了身乾淨衣衫出來，坐在火堆邊烤著火，總算緩過一口氣。

孟夷光見崔氏神色疲憊不堪，不由得擔心問道：「阿娘怎麼樣，還好嗎？」

崔氏輕輕捶著腿，嘆息道：「以前年輕時，坐上十天半月的馬車也不覺得累，現在不過一、兩天就累得不行。小九，妳多喝些熱湯祛祛寒，這一下雨就一天比一天涼。青州又不比京城，又潮濕又冷。」

孟季年坐在一旁，手上捧著熱茶慢慢喝著，跟沒事人一樣，他見護衛還守在外面，招呼著老胡道：「讓兄弟們進來歇一歇烤烤火，出門在外別管那些規矩。」又道：「老章，你熬些祛寒的藥，大家不管有病沒病，都喝上一碗。」

孟夷光見他有條不紊地吩咐下去，不由得與崔氏相視一笑，他總算不再當甩手掌櫃了。

殿內點著幾堆火，大家分別圍坐一堆，鍋內熬著藥與肉粥，咕嚕咕嚕翻滾，藥味和肉香撲鼻。

孟夷光烤火一會兒，又喝了粥與藥，渾身暖洋洋的，原本蒼白的臉頰又漸漸紅潤起來。

外面的雨仍然下個不停，眼見時辰已晚，老胡出去看了幾次，回來後道：「雨下這麼久，路上會更濕滑難走，趕到鎮上天估摸著都要亮了，倒不如在這裡歇一晚，乾脆等天亮後再出發。」

孟夷光相信老胡的經驗，點點頭道：「把馬車拴在一起，馬牽到屋內來，大家隨便應付一晚，到了鎮上再好好歇歇，等天放晴之後再走也不遲。」

老胡見她不嬌氣，答應在荒郊野外歇宿，心裡鬆了口氣，招呼護衛走到殿門口，突然渾身緊繃，戒備地看著前面。

黑夜雨幕中，幾盞微弱的燈火，像是鬼影一般移過來。

老胡定了定神，大聲喝道：「誰在那裡？」

無人應答，老胡手一揮，護衛們立即舉起刀劍，擺好迎敵的陣勢。

這時，一道熟悉的聲音傳來。「阿愚。」

老胡霎時鬆了口氣，抱怨道：「阿愚，你小子不吭聲，我還以為是歹人呢。」

燈火漸漸走近，裴臨川沈默不語走在前面，頭戴斗笠身披蓑衣，手上提著盞氣死風燈，面無表情，只雙眼亮得出奇。

老胡想起夜裡草原上的狼群，眼睛如同天上的星星般閃著寒光，卻危險無比。

三人經過老胡的身邊，他鼻翼翕動，臉上微微變色，他們幾人身上的血腥氣，在雨水中都濃得散不開。

老胡怔怔望著幾人的背影，頓了下，快步跟了進去。

孟夷光抬頭驚訝地看著幾人，裴臨川衣袍下襬沾滿泥漿，靴子上套著的木屐，裹著厚厚的一層泥土。

裴臨川臉色漠然一言不發，抬起左右腳，先後甩了甩腳上的木屐，泥漿四濺。他愣了一下，眸子裡怒火一點一點升起，乾脆慢慢彎下腰來，解開腳上的木屐，又緩緩矮身蹲在地上，撿了一根小樹枝，仔細刮著上面的泥土。

屋子內眾人都目瞪口呆，怔怔看著他清理好木屐，然後拿到門邊，鞋頭朝外擺放得整整齊齊。

老胡回過神，上前低聲問阿愚。「你身上可是受了傷？」

阿愚脫下斗笠蓑衣，左右腳一動，將腳上的木屐踢到門邊，回答道：「沒有。」
與此同時，裴臨川開了口，聲音沙啞，帶著些許抱怨。「我受了傷。」
老胡愕然，抬頭看過去，只見他站在孟夷光面前，撈起衣袖露出手腕，指著上面的一道細小紅痕。「這裡，為了救妳受的傷。」
孟夷光定了定神，讓自己從震驚中醒轉過來，問道：「你們這是怎麼回事？什麼叫為了救我？」
裴臨川生氣了，再次指了指自己的手腕。「孟九娘，妳看這裡啊。」
孟夷光愁腸百結中，噗哧笑出了聲。
再不看，他手上的傷都該癒合了。
她敷衍地看了一眼，說道：「好了，好了，我看到了，你這一身……唉，算了，阿愚，你過來伺候國師去換身乾爽衣衫。」
阿愚看了她一眼，甕聲甕氣答道：「包袱沾了血，扔了。」
孟夷光瞧著空著手的幾人，突然生出一種不祥的預感，按捺住心底的不安，吩咐鄭嬤嬤。「倒些熱水給他，洗漱之後再說吧。」
崔氏嘆了口氣，吩咐伺候的嬤嬤。「去拿套乾爽的衣衫給他，先將就一下。」
裴臨川抬起頭要拒絕，孟夷光想起他幼時的經歷，忙說道：「阿娘無須管他，擦一擦泥水烤乾就行了。」

孟季年不時拿眼角去瞄他，聽到崔氏要拿自己的衣衫，眼一瞪正要翻臉，見孟夷光攔下來，又喜笑顏開。

不過，他怎麼一直陰魂不散跟著自己？

孟季年瞇著眼睛瞪著幾人，越看越不順眼。

裴臨川有些委屈，說道：「身上都是血，不是雨水，擦洗不乾淨。」

孟夷光大駭，她忙追問道：「你還有哪裡受傷？阿愚、阿壟你們呢？」

阿愚和阿壟都搖搖頭。

裴臨川垂下眼眸，神色居然有些羞澀，半晌後才答道：「有。」

孟夷光又氣又怒，倏地站起來，上前兩步逼近他。「你是不是欠揍？怎麼不早說？拿手腕上的來逗我玩是吧？老章快過來替他看看。」

裴臨川被她嚇得後退一步，雙眼卻帶著寒意，看了一眼奔過來的老章。「不要你看。」

孟夷光快抓狂，沈聲道：「你生病時太醫也幫你瞧過，老章也是大夫，有什麼不能看的？」她不理會他，又轉身吩咐鄭嬤嬤。「給他們圍一處出來，去馬車上拿箱籠被褥拼一拼，人夠半躺著就行。」

裴臨川雙眼中頓時戾氣橫生，阿愚和阿龔像彈弓般彈到他身邊，身上散發的殺意，讓老胡與護衛們都心裡發顫，不由自主將刀劍緊緊握在手中。

劍拔弩張，撕殺一觸即發。

孟夷光卻一點都不害怕，咬牙切齒地道：「阿愚、阿龔你們兩個蠢貨，他受傷了，你們不幫著他治傷，還擺好姿勢想打架嗎？」

阿愚和阿龔瞬時洩了氣，耷拉著腦袋閃到一旁不敢吭聲。

裴臨川眨了眨眼，一邊往前挪著步子，一邊小聲嘀咕。「河東獅吼。」

老胡心裡一鬆，發現手心都是汗，看著他們眼神複雜至極。

「只給妳看。」裴臨川飛快看了她一眼，又抬起下巴，神氣十足，卻連耳尖都染上紅意。

孟夷光深吸一口氣，從前的無力感又回來了，她壓抑住怒氣道：「好，我幫你看。」

裴臨川昂首挺胸，緩緩走到鄭嬤嬤她們搭好的幕簾裡，手搭上腰帶，又頓住不動了。

「我有些猶豫，不知道妳會不會擔心害怕？先生不會為我擔心害怕，但阿娘會，阿娘不在了。」

孟夷光心酸，臉頰卻莫名其妙跟著發紅。

簾子內地方狹窄，兩人在裡面呼吸可聞，他的氣息噴在她臉上，不是濃濃的血腥味撲進鼻尖，她幾乎要拔腿而逃。

「快點，你不痛嗎？」孟夷光努力轉移自己的注意力，不耐煩地催促道。

裴臨川的呼吸越來越沈，他雙手顫抖著，終是解開腰帶，慢慢褪下繁複的寬袍，露出精壯的腰腹。

一道橫跨腹部的傷口，血肉模糊，傷口外翻，血流不止。

裴臨川輕聲道：「很痛，已經用了藥，趕來告訴妳有危險，又流血了。」

怪不得他進門時，彎腰蹲下的動作那麼怪異，那時估計他已經痛得受不了了吧？

孟夷光臉色慘白，紅著眼眶狠狠瞪了他一眼，轉頭掀開簾子走出去，連聲吩咐道：「老章，快拿止血的傷藥，越多越好。鄭嬤嬤，拿乾淨的布巾還有滾水，香雪酒，不，拿梨花醉來。」

簾外的人都神情大變，崔氏忙問道：「他哪裡受了傷？傷得重不重啊？」

孟夷光手指在腰腹處劃過，說道：「這裡被砍了一刀，傷口很長，還在流血。」

老章聽後，又問了大致的傷口深度與長度，從藥箱裡翻出最好的金瘡藥，遞給她道：「這個撒上去，看能不能止住血。」

崔氏也跟著焦急萬分，忙著吩咐燒水煮湯，要給他補血。

哎喲，真不知該說什麼好，他傷得那麼重，還四處亂跑，又不讓大夫看，還非得只讓小九看。

不對……他只給小九看是什麼意思？

崔氏停了下來，擔憂地看向簾子。

孟夷光將傷藥、熱水等全部拿進去。裴臨川拿起傷藥聞了聞，然後將藥全部倒在傷口上，慢慢地，血流減緩。

她鬆了口氣，拿起那瓶梨花醉，將酒倒在布巾上，去擦拭傷口周圍的血跡，每碰觸一下，他的肌肉就跟著緊緊收縮。

眼見傷口又慢慢滲血，她輕斥道：「別動，梨花醉可是要二兩銀子一瓶。」

裴臨川偷瞄她一眼，僵直著一動也不動。

終於把血擦乾淨，孟夷光將乾淨的長布巾遞給他。「自己包紮起來吧。」

裴臨川抬起眼，眼角泛起淡淡紅意，別開臉張著手道：「妳幫我。」

孟夷光靜默片刻，俯身下去幫他包紮。

裴臨川長睫不住顫動，突然伸出手指戳了戳她的臉頰。「好紅，像猴子屁股。」

她深呼吸，才忍住揍他的衝動。

「好了，你的衣衫又髒又濕，不能再穿了。先穿阿爹的，去鎮上再買新的換上。」

裴臨川抬眼看著她的臉色，又乖乖答應下來。

「是誰要殺我？」孟夷光見他神色還好，開口問道。

裴臨川無辜的道：「我不知道，沒有問。」

孟夷光無語地回看他。「你卜算到他們要殺我？」

「不是，阿愚聽到的，他耳朵很靈敏，有人在打聽你們的行蹤，他聽到後就跟去打探消息。那些人是一群亡命匪徒，準備在前面伏擊你們。」裴臨川眸裡盡是委屈，控訴道：「妳不陪我上山，我生氣不打算再理妳，可我還是救了妳。那些人要殺妳，我與阿愚、阿壟先去將他們全部殺了。」

孟夷光嚇了一大跳，幸好他們在破廟歇腳，前面有段路兩邊都是山，前後一堵四面伏擊，他們還真是插翅難逃。

不過她一路小心謹慎，沒有得罪過人啊，除了那個胖球……

對了，賈員外家，徐侯爺，她一下將其中關係串了起來。兩家有仇，除了他，也沒有別人了。

裴臨川臉上又浮起惱怒之色，憤憤道：「下雨天道路泥濘，很髒，我早算到會下雨，已經提前趕到客棧。」

孟夷光聽明白了，自己沒有陪他上山祭奠，他一直委屈到現在。生性喜潔的他，知道要下雨，提前住進客棧，卻還是出來救了自己。

她嘴裡苦澀難言，半晌後問道：「要銀子嗎？」

裴臨川垂下眼簾想了想，輕輕點了點頭，又搖了搖頭。「想要銀子，不想要妳的。」

她張了張口，終是問道：「為什麼？」

裴臨川神情困惑，垂眸沈思許久，說道：「我也不知道，就是不想要妳的。」

第三十四章

深夜。

火堆的柴火快燒完，火光漸小，護衛輕手輕腳又加了幾根進去，漸漸地火舌捲著木柴又熊熊燃燒，偶爾輕微的爆裂聲，響在靜謐的夜裡。

孟夷光睡眠淺，不過微微闔眼一會兒，被細微的響聲驚醒，再也睡不著。

些微的酒香飄進鼻尖，她側頭看去。

阿愚手上拿著那罈還剩下一半的梨花醉，不時喝上一口。他警覺又敏銳，凌厲的眼神掃過來，見是她，對她舉起罈子憨憨一笑。

殿內的人經過一天的疲憊奔波，顧不得四周破爛不堪，都已睡著。

裴臨川雙手規規矩矩放在身邊，閉著眼也已入睡。

阿蘢寸步不離守著，坐在地上，一腿前伸一腿曲起，手搭在曲起的膝蓋上，垂著頭看不清臉，此時驀地抬起頭，看了她一眼，又垂下眼簾。

火光烤得臉發燙，孟夷光掀開被子站起來，輕手輕腳往殿外走去透一口氣。

阿愚愣了下，也起身跟出去，不遠不近地守在她身後。

「還要酒嗎？」孟夷光回過頭小聲問他，指了指最外面的一輛馬車。「裡面還有。」

「不了。」阿愚搖搖頭，上前幾步離她近了一些，晃了晃手中的酒罈。「再多會醉，國師與阿壟，加上我都不會喝酒。」

天上還飄著濛濛細雨，不時撲到人臉上，涼涼的，讓人瞬間清醒不少。

孟夷光呼出口氣問道：「你們出來，皇上知道嗎？他可知道你們去了何處？」

「皇上知道我們出京，他不知道我們去哪裡，以前打仗時，國師也經常四處遊歷，皇上都不管，他也管不住。」

阿愚微微帶著得意，抽了抽鼻子。「國師很厲害。」

興許是喝了酒，他的話多了起來，不待孟夷光問，自己絮絮叨叨、語無倫次說個不停。

「國師又凶又聰明，將鋪子、莊子全部託給皇上，讓他幫管著，說是待回京時，要他交還一萬兩銀子。」阿愚小眼睛望著夜空，神色惆悵。「我去國庫與內庫都看過，皇上窮得很，根本沒幾個大錢，不知拿不拿得出來。」

孟夷光不語。

阿愚撓撓頭，為難地道：「夫人，國師嫌棄府裡廚娘做的飯食不好吃，妳能不能再給他換一個廚娘？我去會仙樓買來了，花了很多銀子，國師還是嫌棄，他以前不是吃得好好的嗎？」

不知為何，裴臨川的話再次在她腦海中響起。「為何妳這裡的飯食會香甜一些？妳這裡面加了蜜嗎？」

雨撲到眼睛裡，孟夷光的眼睛漸漸濕潤，忙抬手捂住，用帕子按了按眼角，淡淡地道：「餓了，他自然會吃。」

阿愚悶悶地「喔」一聲，舉著罈子又喝了一口酒，難過地道：「他自病好之後，就沒有再好好用過飯，除了今夜。」

崔氏差人熬了肉粥與紅棗小米粥，加了許多糖，裴臨川連吃好幾碗，還是崔氏怕他積食，謊稱沒了，他才依依不捨地放下碗。

阿愚聲音越來越低，低喃道：「夫人，我與阿壟都希望妳能在國師身邊。許多人在人前背後都說我們是傻子，以前打仗時，皇上器重國師，所有人都對我們很好。可我知道那不是好，給我們吃大肉、大豬蹄子，一盆盆端上來，坐在一旁守著我們吃。我在瓦子裡看過有人倒立吃冷淘，那些人看著我們吃肉，就像是看人倒立吃冷淘一樣。」

裴臨川與他們口味相似，從來不喜吃那些油膩的飯食。雖然能吃，卻很挑食，不然他們也不會將銀子全部花在買吃食。

「送我們的綢緞衣衫，阿龔穿了一次，國師說看著似土地廟公公身上掛的亮綢，他便再也沒有穿過。」阿愚側頭看著她，眼神無比的認真。「我們知道誰是真正的好。夫人，妳不拿我們當傻子看，不，也覺得我們是傻子，卻不是那種傻子。」

他的手用力在空中比劃，想要解釋，卻又說不清楚，急得額頭都冒出細密的汗珠。

孟夷光嘆了口氣，溫和地說道：「我明白你話裡的意思。」

阿愚長長地鬆了口氣。「府裡的廚房從不歇火，總有我們愛吃的熱湯飯。繡娘給我們量身做衣衫，她總是抱怨說：『阿愚、阿龔，你們穿衣衫太浪費啦，一件衣衫穿不了幾次就破了洞。要是在別家，一年四季都只做幾套衣衫，難道你們要穿著打補丁的衣衫出去見人？丟臉嘍。』」

他怪腔怪調學著繡娘說話，逗得孟夷光忍不住發笑。

孟夷光思索片刻後問道：「國師現在身子恢復得如何？」

「比之以前更為厲害，擺陣法卜卦，那些看不懂的算學，他只需看一眼就能說出答案來。更多時候是坐在屋子裡，一天都不說話，也不動。有時會在府裡亂轉悠，好像在找什麼東西。」阿愚眼眶漸漸泛紅，頓了一下道：「我與阿龔都知道，他在找夫人。」

孟夷光突然很想喝酒，她腳動了動，又硬生生克制住，垂下頭自嘲地笑了笑。

她的顧慮與牽絆太多，膽氣不足，喜歡有限，愛恨都有限。

阿愚看著她的動作，又回轉過頭。天氣一天天變冷，他記得孟夷光是春日嫁進國師府，過了一個火熱的夏日，好像才熱起來，又嘩啦一下，被一盆冰水澆了個透心涼。

他不懂這些貴人們心裡彎彎繞繞的想法，憑藉著本能卻知道誰對他們好。

「以前在先生身邊時，我們撿了一隻小狗，一人省下一口吃食把牠餵大，有次出門不小心弄丟了牠，後來牠自己找到路回家。我覺得國師找妳，就像那條小狗在找家。」

外面漸漸起了風，吹得人骨頭縫都跟著發寒，孟夷光將衣衫拉緊了些，輕聲道：「阿愚，我拜託你一件事，以後國師再來找我時，你攔著一些，也不要再讓他以身犯險。」

阿愚不解地問道：「為什麼？」

孟夷光定定看著他，目光悲涼。「因為那樣，我與孟家說不定都會死，他也會受牽連。」

阿愚怔怔站著，想起國師生病時，國師府裡重兵林立，他生生打了個冷顫，眼神漸漸黯淡下去，輕輕點了點頭。

孟夷光對他笑了笑，轉身走進去，屋子裡有人動了動，又睡了過去。

天亮後，一行人起身上路，顧忌著裴臨川的傷口，路上走得更慢。到了鎮上客棧時，天已經暗下來，大家都疲憊不堪，隨意用了幾口飯之後，便各自回屋歇息。

雨在半夜便停了，早上起來時日光高照，天空碧藍如洗。

老胡與護衛們在客棧前，手腳麻利地套著馬車，心情如同天氣一樣好，他開著玩笑。「這老天爺總算開了眼，再這麼天天下雨，行不了路不說，人都跟著快要發霉。」

護衛也附和道：「可不是，我這全身上下，都沒一天乾過，虧得東家心善，供應熱湯、熱飯，還有祛寒的藥，不然兄弟們就算是鐵打的，也熬不住。」

一行人說說笑笑，鄭嬤嬤走了出來，笑著問道：「老胡，可以啟程了？」

老胡忙道：「都已妥當，馬上即可出發。」

「那行，我去伺候九娘出來。」鄭嬤嬤笑著轉身回了客房。

老胡等了一會兒，卻不見人影。他生怕裡面出了事，忙衝進去一看，又默默轉身走出來，蹲在車前閒閒地道：「兄弟們，先歇著吧，今日還不一定能走成呢。」

沒一會兒，鄭嬤嬤果然走出來，嘆著氣道：「老胡，今天走不了，先把車卸下來吧。」

老胡心下了然，笑著招呼道：「趕到後院去，車廂用油布裹好，謹防著再下雨淋濕。」

孟夷光煩躁得想將裴臨川的那張白臉抓成花臉。

從破廟趕到客棧，一路顛簸後，他的傷口又開始滲血。先前傷成那樣，他眼都不眨地到處跑，可到了客棧後，他卻開始在那裡賣慘，非得使喚她幫他換藥。

由於孟夷光只想讓他早點閉嘴，忍氣吞聲替他換完藥才去歇息。

早上起來見天放晴，用完早飯後打算繼續趕路。大家剛要起身時，他白著一張臉走過來，一聲不吭跟在他們身後，看架勢要一起同行。

孟季年非常不待見他，可想到他是為了救孟夷光而受傷，硬生生憋著沒有開罵。

崔氏心裡雖然也不太舒服，還是委婉地道：「國師，你的傷口還未癒合，馬車顛簸，仔細著又裂開。」

裴臨川面色平平，答道：「無妨。」

孟夷光斜睨一眼阿愚，前晚讓他攔著裴臨川，想來也是一句空話。她忍著怒氣走上前，苦口婆心地勸道：「外面天才放晴，路上泥土都沒乾透，馬車會打滑晃動，又會扯著你的傷口，你快回去歇著，待傷養好些，再走也不遲。」

裴臨川繃著臉，冷冷地道：「不，妳離開，我也要走。」

「你！」孟夷光臉一沈想要發火，又硬生生憋回去，放緩聲音道：「我外祖父生辰快到了，再不趕路會趕不上日子，你又不用趕路，就住在這裡好好養傷。」

裴臨川仍然板著臉，生氣地道：「沒人給我換藥。」

自己倒成了他的丫鬟？

孟夷光咬牙，圓睜著眼睛怒道：「快回房去歇著，再追來信不信我揍你？」她一扭頭，說道：「阿爹、阿娘，我們走，別管他。」

孟季年輕哼一聲，崔氏也搖著頭與孟夷光一起往外走。裴臨川低著頭，默不作聲抬腿跟上。

孟夷光猛地回頭，指著他吼道：「站住，不許跟來！」

裴臨川瑟縮後退，怔怔站在那裡，臉上的傷心、失落、委屈，濃得讓人無法直視。

孟夷光狠下心別開頭，腳步匆匆不停。孟季年撇了撇嘴，不屑地白了他一眼。

崔氏回頭看去，見他像是被拋棄的小狗，清澈透明的雙眼濕漉漉，眼巴巴盯著他們，心裡軟成一團，停下腳步嘆道：「小九，就再歇上兩天，到時候路上趕一趕吧，唉。」

孟夷光頓了下，拉下臉回轉身，快步走到他身邊，沈聲道：「不走了，還不回房去！」

裴臨川的臉霎時如同天放晴一樣，眼角眉梢都是喜意，他抬起袖子擋著臉偷笑，腳步輕快，轉身往客房走，沒兩步又停下來，回轉身看著她，可憐兮兮道：「妳不要騙我。」

孟夷光斜睨他一眼，揮手趕他。「誰有閒工夫騙你，快回去。」

裴臨川這才一步三回頭，回了客房。

崔氏長嘆了口氣，無奈地道：「好了，好了，反正送佛送到西。小九，妳也別吼他，這些時日路上辛苦，歇一歇也好。」

孟季年不滿地嘀咕道：「妳們女人就是心軟，他一個男子漢大丈夫，又一身功夫，身邊更有兩個高手護著，能出什麼事？」

崔氏瞪了他一眼，說道：「他能跟你一樣？你也是男子漢大丈夫，他做的事你可做不了。」

孟季年重重哼了一聲。「婦人之仁，不跟妳一般見識。」

孟夷光抿著嘴笑，與崔氏道別回了房。趁著空檔，稍微思索片刻，讓鄭嬤嬤拿出筆墨紙硯，鋪開紙寫信給老神仙。

她不過才寫了幾句話，房門被敲響，鄭嬤嬤前去打開門。

裴臨川站在門口，見她還在屋裡，似微微鬆了口氣，又一言不發轉身離去。

孟夷光雖然不解，可也不想去主動招惹他，又俯下身繼續寫信，畢竟徐侯爺一派太過囂張，總不能吃啞巴虧。

一封信寫不到一半，裴臨川來敲了四、五次門，每次都一句話不說，看她一眼又回了房。

當他又一次來敲門時，孟夷光終是怒喝道：「你給我進來。」

裴臨川走進屋，瞄了一眼孟夷光，又掃了一眼她寫的信，眉頭瞬間皺成一團，嫌棄道：「好醜的字。」

孟夷光拿紙蓋住信，生氣地道：「不許看。」

裴臨川神情愉悅，笑道：「我已經看完啦，還能背下來。」

孟夷光愣了下，想到他的過目不忘，後悔不已，神情鄭重地警告他道：「你不許往外說。」

裴臨川覷著她的臉色，嘀咕道：「我只跟妳說話。」

孟夷光被噎住，也鬆了口氣，指了指圈椅，說道：「坐吧，你傷不痛了？怎麼還在外面走來走去？」

裴臨川坐在圈椅裡，手搭在膝蓋上，小心翼翼瞄了她一眼，才低聲道：「我怕妳偷偷溜走了。」

「阿愚、阿壟都是高手，我們這麼多人這麼大的動靜，能偷偷溜走嗎？」孟夷光扶額，無力地道：「再說我什麼時候騙過你？」

裴臨川垂下眼眸，片刻後，抬眼靜靜望著她。「幼時阿娘曾讓我在路邊等他，說一會兒就來接我。我從天明等到天黑，都沒有等到她。後來我循著她離開的方向去找，她躺在雲霧山門口，渾身是傷快要死了。」

孟夷光怔怔看著他，又心酸又有些後悔，溫聲道：「我發誓不會偷偷離開。你的傷口痛不痛？有沒有流血？」

裴臨川抬手輕輕按在自己的腹部上，看著她微微一笑。「其實很痛的，來看妳，我不會怕痛。」

「快回屋去躺著。」孟夷光頓了頓，說道。

裴臨川站起身，眼巴巴看著她。「妳送我回屋。」

不過隔了一道院牆，孟夷光想要抬手揍他，又好脾氣地道：「好好好，走吧。」

裴臨川緩緩走著，故意慢下腳步與她並肩而行，側頭喚她。「孟九娘。」

孟夷光抬眼，不解地看著他。

他輕聲道：「太子一派在欺負妳，妳不要怕，我幫妳將他們全部殺掉。」

孟夷光嚇得臉色一白，忙回頭看了看，見四下無人，老胡領著護衛遠遠守著，才鬆了口氣，看著他正色道：「這是家國大事，不像是你與阿愚、阿壟殺幾個匪徒。天子一怒浮屍萬里，不知多少人會因此而喪命。你千萬不能衝動胡來，太子是皇上嫡長子，是儲君，你動了他，皇上第一個會砍你頭。」

裴臨川神情倨傲，冷然道：「我不怕，誰欺負妳，我就殺了誰。」

孟夷光心裡一暖，腦子一轉緩了緩神色，勸著他道：「這些都是朝堂爭鬥，我們都不要去參與，讓老神仙去想辦法，你是國師，更不能沾手。你想啊，儲君是大梁以後的皇上，你要是動了他，不是動了國之根本嗎？皇上立太子時，肯定讓你算過，到時候換了一個太子，那豈不是說你算錯了？」

裴臨川斜睨她一眼，不悅地道：「我才不會算錯。太子不是我定的，是先生定的。」

孟夷光心思轉動，不動聲色順著他的話繼續說道：「就算是你先生定的，你與太子不對盤，豈不是跟你先生過不去？」

裴臨川冷著臉不作聲，還是一副意難平的樣子。

孟夷光深深嘆息，停下了腳步。裴臨川也跟著停下來，別開臉微抬著下巴不去看她。

「裴臨川。」孟夷光輕輕叫了聲。

裴臨川一震，從來沒有聽過人連名帶姓叫過他，他無法形容自己的心情，既覺得怪異，又有股熱流在胸腔裡亂竄。他抬手按住胸口，讓心跳動得緩一些。

「你是國師，能窺得尋常人無法知曉的天機，這是你獨一無二的本事，你從不偏頗也不會出手干涉，我不願意看到，因為我，你失去了原本的你。」

孟夷光眼裡淚光閃動，就像先前他會因此而失了心智，他如果成了尋常人，那他也不再是他。

不管她與孟家是什麼樣的打算，說她是愚善也罷，蠢笨也好，他能為她隻身赴險，她也就剩這時的一腔孤勇。

她不想將他拖下水，攪進這些腥風血雨之中。

「妳別哭啊。」裴臨川只覺得心揪成一團，慌亂地抬起手，想去碰觸她眼角的淚水，可又怕唐突。

他飛快將雙手背在身後，緊緊握住，急得聲音中都帶著顫意。「我答應妳，妳別哭啊！」

——未完，待續，請看文創風1262《算是劫也是緣》下

流浪貓狗介紹所

為流浪貓狗加油 和貓寶貝 狗寶貝

廝守終生(一定要終生喔！)的幸福機會

對人來說，貓寶貝狗寶貝只是生活的一部分，但妳（你）對牠們來說，卻是生活的全部，領養前請一定要考慮清楚——

▲ 身經百戰的元氣男孩——仔仔

性　　別：男生
品　　種：狐狸犬
年　　紀：約3～5歲
個　　性：活潑、愛撒嬌、有脾氣
健康狀況：已結紮，已施打預防針，
　　　　　已治癒心絲蟲、下顎口腔腫瘤、膽沙
目前住所：台中市大里區

本期資料來源：梅森動物醫院

第355期推薦寵物情人

『仔仔』的故事：

仔仔是一隻狐狸犬，在收容所時幾乎咬遍照護員，一開始想説應該是牠身體還不舒服，醫好後就可以送養了。為了接受治療，從收容所轉移陣地來到愛媽公司，也獲得妥善照顧，沒想到此舉導致公司全體同仁都得去打狂犬病和破傷風疫苗，仔仔的咬人毛病真是令人頭痛極了。

療程結束後，我們將仔仔送到訓練犬學校，期望矯正牠的行為，讓牠學會基本指令及不要咬人。如今總算進步到平時見了人已不會咬了，只有摸到肚子、腳會引起牠不安全感的敏感地帶，才會有想要攻擊的行為。

除此之外，目前仍住在學校裡接受訓練的仔仔，其實是個活潑、愛撒嬌的微笑天使，而且活動力很強，喜歡藉由散步和運動來放電。您也嚮往與狗狗相伴一起親近戶外嗎？不妨加Line ID：candy591112，聯繫鄭小姐安排一場戶外約會，赴約前請記得將自身電力蓄滿，免得被仔仔拖著跑啦！

認養資格：

1. 認養人一旦認養，須繳交半年期追蹤保證金，回報正常且確認無誤後，會歸還保證金。
2. 須同意簽認養寵物切結書。
3. 須同意送養人日後之追蹤探訪，對待仔仔不離不棄。

來信請説明：

a. 個人基本資料：姓名、性別、年齡、家庭狀況、職業與經濟來源等。
b. 想認養仔仔的理由。
c. 過去養寵物的經驗，及簡介一下您的飼養環境。
d. 若未來有結婚、懷孕、出國或搬家等計劃，將如何安置仔仔？

2024年5月出版

文創風 1258～1260

我們一家不炮灰

穿成農村小丫頭，親爹受傷瘸腿，娘親越過越糊塗，
她只得自立自強為自家這一房打算，趁早分家免得被其他人拖累！
只是怎麼一切跟計畫的不一樣，各房還搶著照顧他們這一家?!

手足齊心協力發家致富，
全家分工合作造生機／白梨

明明是好好在睡覺，穿越這種事為什麼就輪到自己身上了？
穿成一個農村的六歲小丫頭就算了，偏偏親爹打獵傷了雙腿，
娘親懷著身孕又是個不濟事的，家裡還有一個任性無腦的極品奶奶；
最要命的是，她知道再過幾年，這一家子在故事裡就是炮灰配角，
再怎麼努力怕也是沒用，王晴嵐鬱悶得只想找死穿回去！
為了求生，她打算趁著爹爹受傷的情況，順勢提出分家，
但是……這個原本的極品奶奶怎麼不極品了?!
而且其他各房怎麼還搶著要照顧他們三房?!

2024年4月出版

炊出好運道

文創風 1252～1254

鍾記小食肆暖心開張，一勺入魂，十里飄香～～
天馬行空的無國界創意料理不只暖胃，更能療癒身心。
裊裊炊煙中，煨煮出美味的幸福——

不負美食不負愛／商季之

穿越成富商養女，鍾菱的生活看似養尊處優，舒心快活。
誰知某天殘疾落魄的親爹突然找上門認親，
富貴轉眼成空，這劇情走向太曲折了吧！
不安之下，鍾菱選擇了不認祖歸宗，繼續當她的千金小姐，
豈料卻成為權力鬥爭下的犧牲品，淪落身首異處的下場。
人死了之後，她才看透誰是真心對自己好……
追悔莫及的鍾菱萬萬沒想到，
她的穿越人生竟能重新開局一次，回到命運分歧的那一日——
這一回，她選擇和老父回鄉，打算用一手好廚藝養家。
鍾菱憑藉敏銳的味覺和無限創意，嶄新吃法大受好評。
一手打造的小食肆便是她的小天地，
從街頭小吃糖葫蘆到經典國宴名菜雞豆花，
不論甜的鹹的，哪怕菜單上沒有，小食肆應該都點得到。
顧客品嚐料理時幸福的笑，彷彿能療癒一切——

文創風
1261

算是劫也是緣 上

國家圖書館出版品預行編目資料

算是劫也是緣 / 墨脫秘境著. --
初版. -- 臺北市 : 狗屋出版社有限公司, 2024.05
冊 ; 公分. --（文創風 ; 1261-1262）
ISBN 978-986-509-524-6（上冊 : 平裝）. --

857.7 113004192

著作者 墨脫秘境
編輯 黃鈺菁
校對 黃薇霓
發行所 狗屋出版社有限公司
地址 台北市104中山區龍江路71巷15號1樓
電話 02-2776-5889～0
發行字號 局版台業字845號
法律顧問 蕭雄淋律師
總經銷 知遠文化事業有限公司
電話 02-2664-8800
初版 2024年5月
國際書碼 ISBN-13 978-986-509-524-6

本著作物由北京晉江原創網絡科技有限公司授權出版

定價290元
狗屋劃撥帳號：19001626
網址：love.doghouse.com.tw E-mail：love@doghouse.com.tw